단점 가득 한국인
사실은
만점 가득 한국인

단점 가득 한국인 사실은 만점 가득 한국인

초판 1쇄 인쇄   2008년 8월 1일
초판 1쇄 발행   2008년 8월 6일

지 은 이   Andrew, Ashley 공저
펴 낸 이   손형국
펴 낸 곳   (주)에세이
출판등록   2004. 12. 1(제395-2004-00099호)

주   소   412-791 경기도 고양시 덕양구 화전동 200-1 한국항공대학교
           중소벤처육성지원센터 409호
홈페이지   www.essay.co.kr
전화번호   (02)3159-9638~40
팩   스   (02)3159-9637

ISBN 978-89-6023-187-0 03810

단점 가득 **한국인**

사실은

만점 가득 **한국인**

Andrew, Ashley 공저

머리말

Andrew 이 책을 쓰기 전, 저는 제 방에 붙어있는 태극기를 바라보며 왼쪽 가슴에 오른쪽 손을 얹은 채 다음과 같이 외쳤습니다. "나는 자랑스러운 태극기 앞에, 조국과 민족의 무궁한 영광을 위하여, 몸과 마음을 바쳐 충성을 다할 것을 굳게 다짐합니다!"

바둑을 배우던 초등학교 때 이야기입니다. 바둑이란 게임은 참으로 신기한 게임인데, 그 이유는 대전하고 있는 두 사람은 정말 고도로 집중을 하여 게임에 완전히 몰입하고 있음에도 불구하고, 상대방의 계략을 잘 파악하기가 힘들고, 자신의 결점 역시 잘 모르는 상태에서 게임에 임하고 있는 반면, 그 게임을 옆에서 가만히 지켜보는 제 3자는 너무나도 쉽게 그 게임의 흐름을 읽을 수 있다는 것입니다.

저는 중학교 때부터 집중적으로 배워온 중국어 실력 덕에, 한국에서 초·중·고등학교를 졸업한 후 북경에 칭화대학교에서 수학을 한 지 어느덧 7년을 맞이하고 있습니다. 이제는 박사과정을 밟을 수 있게 되어 무척이나 기쁜 나날을 보내고 있습니다. 그런데, 한국에서 들려오는 여러 가지 '안타까운 소식' 들에 하루 종일 신문읽기에 빠져 지낸지가 어느 덧 한 달이 넘어 버렸습니다. 사실 제가 바로 이 책의 제목인 그 '단점 가득 한국인 만점 가득 한국인' 입니다. 아주 전형적인 추악한 한국인의 모습이 바로 제 모습이라 할 수 있지요. 하지만 저는 한국을 오랫동안 떠나있었기에 비로소 한국사회의 모습을 객관적으로, 또 정확하게 볼 수 있는 눈을 가지게 되었습니다. 이 책을 통하여 저는 대한민국에 존재하고 있는 그 '단점 가득 한국인'을 소개하고자 합니다.

저는 대한민국을 그 누구보다도 사랑합니다. 중국인들을 '때놈', 일본인들을 '왜놈'이라고 치부하는 반면 한국인은 최고라고 자부합니다! 제가 어디에 있던지 이렇게 자신 있게 외치고 다닙니다. 그래서 이 책의 공동저자인 Ashley는 제게 "너무 한국인에 대한 자부심이 강한 거 아니냐"고 타박을 하기도 합니다. 진심으로 우리 대한민국이 양놈, 왜놈, 때놈들에게 본때를 보여줄 수 있는 그날을 기대합니다! 하지만 깊게 생각해보아야만 할 점은, 정말 우리가 그들에게 본때를 보여주려면, 정말로 이 불가능해 보이는 꿈을 이루려면 과연 우리가 무엇을 어떻게 해야 비로소 가능해질 수 있을까요? 저는 개인적으로 '우리들의 장점을 키우며 동시에 단점을 없애나가야만 가능해지지 않을까' 싶습니다. 그렇기 때문에 이 책에서 저는 가능한 모든 한국인의 단점들을 수록하려 노력하였습니다.

마지막으로, 이 책에는 이해를 돕기 위한 완곡한 표현이 많으니 모든 독자 여러분께 간곡한 양해의 말씀을 드리며 글을 시작하려 합니다.

Ashley **안**녕하세요? 저는 중국인이고요, 칭화대학교 의류학과에 입학한 지가 어느 덧 2년 전의 일이 되어 버렸네요.

Andrew와는 칭화대학교에 입학하자마자 절친한 친구로 지내고 있으며 그 덕분에 이 책에 참여하게 되었습니다. 제 글이 TV에서만 보아왔던 아름답고 또 멋진 한국인들에게 보여질 수 있다는 생각에 굉장히 긴장이 되고 설레네요! 그래서 더욱 심혈을 기울여 글을 완성하였고 그 글을 Andrew의 번역에 맡겼습니다. 과연 Andrew가 저의 글을 100% 정확하게 번역을 했는지는 잘 모르겠으나 자기 말로는 "전혀 문제 없다"고 하니 그저 믿을 수밖에 없겠네요.

"중국인의 눈에 한국인은 도대체 어떤 존재냐? 한국인을 보면 무슨 생각이 드냐?" 등의 질문을 2년 내내 Andrew는 수도 없이 제 앞에서 쏟아 놓았었지요. 그 중 제가 가장 견딜 수 없었던 질문은 "한국인이 중국에서 돈을 버려면 무슨 일을 해야 할까?"였습니다. 그래서 저는 "도대체 무엇을 근거로 남의 나라에 와서 돈을 벌어 가려고 하느냐?"고 반박했었지만, Andrew가 하는 질문들은 나중에 알고 보면 다 일리가 있는 말들이었습니다.

통계에 의하면, 한국에서 돈을 가장 많이 벌어가는 외국인은 중국인이라고 하고 현재 중국에서 가장 활발하게 활동하고 있는 외국인은 한국인이라고 합니다. 저는 Andrew를 통해서 국제화 시대가 무엇인지를 알게 되었고, 서로가 돕고 교류하는 과정에서 함께 성장하고 더욱 더 높이 커 갈수 있다는 사실을 알게 되었습니다.

이 책을 통해서 저는 제 중·고등학교 시절에 학교에서 보아왔던 한국 유학생들과 제가 2년 동안 칭화대학교에서 공부하면서

접하고 있는 의류학과 한국 유학생들에 대한 느낌과 비판, 그리고 칭찬 등을 서술하려 합니다. 저희 의류학과에 한국 유학생 분들이 20여 명 정도 계시는데, 패션 감각이 굉장히 뛰어나기 때문에 멀리서 누가 봐도 한국인이라는 것을 알 수 있습니다. 아! 그러고 보니 저희 반에도 현재 6명이 재학하고 있네요!

제가 생각하기에 한국 학생들의 특징은 기발한 '창의성' 이라고 생각합니다. 저희 중국 학생들이 생각지도 못한 많은 기발한 생각들이 한국 학생들의 머리에서 나오는 것을 많이 보았었지요. 그런데 교수님께서 하시는 말씀에 의하면 "한국에 있는 대학교에 재학 중인 의류학과 학생들은 더욱 더 대단하다"고 하시더군요. 비록 한국어는 '안녕하세요?' 와 '감사합니다' 밖에 모르지만, 기회가 되면 꼭 한국으로 유학하러 가보고 싶습니다. 한국에 많은 국립학교에 중국 학생들이 많이 재학 중이라는데, 그 학생들은 열심히 공부하고 있나 모르겠네요. 아무튼 저도 졸업 후에 그곳에 가려면 필히 지금부터 한국어 공부를 많이 해 놓아야 되겠군요.

그럼, 한·중 관계의 무궁한 발전을 기원하며, 한·중 관계 파이팅!

차례

펜을 잡으며

Andrew 나는 대한민국의 자랑스러운 일원이다. 내 평생 단 한 번도 한국으로 인해 부끄러워 본 적이 없었으나 요즘은 왜 이렇게 온 나라가 시끌시끌한지 모르겠다. 게다가 방학 때인지라 북경 우다코를 비롯한 윤락가 쪽은 왜 이렇게 한국말을 하는 사람으로 가득한지 잘 이해가 되지를 않는다. 예전부터 있었던 일이기 때문에 당연하기는 하나, 정말 우리나라의 미래가 심히 걱정이 되는 것은 다시 말할 필요가 없는 중요한 문제이다.

대한민국이여! 정신 차려야 한다! 아시아의 삼용三龍 중 하나라고 불리는 선진국인데, 자칫하면 진짜로 삼룡이가 될 수가 있다! 우리가 이 국제화 시대에 잘하지 못하면 정이라고는 찾아볼 수 없는 냉정함의 극을 달리는 다른 나라들이 우리나라를 비웃으며 함부로 대할 수가 있다는 것이다. 아니, 일부 국가는 이미 우리나라를 그렇게 대하고 있다

나머지 두 마리의 용이라고 불리는 중국과 일본 사이에 우리나라가 위치해 있다. 게다가 지리적으로 먼 곳에 위치한 미국이 우리나라에 미치는 영향은 정말 원자폭탄 이상이다! 이런 위급한 상황에서 윤락가를 나돌 시간이 어디 있는가? 단 한 사람의 국민까지도 모두 정신 차려 하나가 되어 똘똘 뭉쳐야만 이 위기를 그야말로 간신히 극복할 수 있을 것이다. 대한민국이여, 제발 정신 좀 차리자!

Ashley 중국 언론에 따르면 현재 한국은 매우 혼잡한 상황이라고 합니다. 하지만 중국 언론은 정부에서 내보내라고 허락하는 것만 언론에 보도될 수 있기 때문에, 제가 보는 것만이 진실은 아닐 것이라는 것은 저도 잘 알고 있습니다.

한국에 계신 여러분, 저는 중국인으로서 한국인들을 비교적 잘 이해하고 있습니다. 한국어를 전혀 할 줄 모르지만 그래도 저의 모국어로는 한국인들을 잘 표현할 수 있습니다. Andrew가 가르쳐 주었던 한국 속담에 '미운 자식 떡 하나 더 주고, 예쁜 자식 매한 대 더 때려준다'고 합니다. 제 생각에는 제가 만약 한국을 미워한다면 아마 입에 발린 말로 한국인들을 맹목적으로 높이고 칭찬만 할 것입니다. 저는 대학입시를 마친 후 한국 드라마를 통해서 한국을 처음 접했고 지금은 중국 칭화대학교에 있는 많은 한국인들을 통해 한국을 깊게 알아가고 있는 과정 중입니다. 저는 한국을 어느 순간 너무나도 좋아하게 되어버렸고, 그래서 이 책을 통하여 칭찬과 동시에 한국인들이 꼭 고쳐야 할, 국제사회에서는 절대 용납이 안 되는 그런 습관이나 행위들에 대해서 정확히 지적하고자 합니다. 최소한 중국인들이 바라보는 한국인들에 대한 시선만큼은 제가 정확하게 알고 있습니다.

한국 분들은 중국인들이 신용이 없고 거짓말 잘하고 잘 안 씻는다고 알고 계시지 않나요? 사실 그렇지 않은 중국인도 많습니다.

아마 저와 Andrew가 이 책에 기재하는 내용에 해당되지 않는 한국 분들도 많이 계실 것이라는 것을 저는 이미 알고 있습니다. 그분들께는 미리 죄송하다고 사과의 말씀을 드리며 이 글을 시작하고 싶습니다.

하지만 대다수 중국인들이 위에서 한국 분들이 말씀하시는 내용대로 안 씻고, 신용 없고, 목소리 크고 등등, 그러는 것은 정말 부인할 수 없는 사실입니다. 그와 마찬가지로 저와 Andrew가 쓴 이 글 내용에 해당되는 한국 분도 정말 많을 것입니다. 그렇지 않다면 저와 Andrew가 이 책을 쓰는 의미가 없을 테니까요. 저희는 한국 분들의 그 말을 경청하여 현재 열심히 고쳐나가고 있으며, 동시에 2008년 올림픽을 성공적으로 개최하고자 온 힘을 다하여 준비하고 있습니다.

아무쪼록 이 글을 좋게 받아들여주셨으면 합니다.

한국과 중국의 무궁한 발전을 바라며, 기회가 되면 한국에 꼭 가보고 싶습니다.

1. 미국 광우병 쇠고기 수입 문제

Andrew이 문제는 얼마 전부터, 그리고 지금까지도 온 나라를 시끄럽게 하는 가장 큰 문제 중 하나이다. 이에 대한 내용은 시청 앞에 촛불시위로 모인 애국자들의 숫자만 봐도 모른다면 간첩일 테니 생략하고 바로 본론으로 넘어가고자 한다.

한국 국민들은 왜 촛불 시위를 하며 무언가를 요구하고 정부는 필히 이 촛불 시위에 참여하는 사람들의 요구를 들어주며 달래주어야만 하는 것일까?

이에 대해서 생각보다 많은 한국인들은 핵심을 잘 모르고 있다. 그냥 주위에서 가자고 하니까, 대학교에서 단체로 가니까, 가야만 할 것 같으니까, 심지어 뉴스를 보고 욱하는 마음이 들어서 등의 이유가 많고, 실제로 그 문제로 인하여 생계에 위협을 느껴서 나오시는 분들의 비중은 그다지 높지 않다고 한다. 과연 정말로 30개월이 지난 소고기가, 즉 '쓰레기 소고기가 대한민국에 들어오고 우리는 그것을 먹을 수밖에 없으니까' 라는 사실이 우리 국민들로 하여금 촛불을 들고 시위하러 나오게 하는 것일까? 과연 그렇다면, 그렇게 보도하고 있는 언론의 내용은 100% 사실일까?

어떤 사람들은 이렇게 생각한다. '촛불을 들고 나와서 시위를 한다고 무슨 문제가 있을까? 무언가를 때려 부수는 것도 아니고 그들이 무슨 흉악한 무기를 들고 있는 것도 아니고? 그냥 정부에서 신경 안 쓰고 가만히 놔둬도 되는 것 아닌가?' 나 역시 이렇게 생각한 적이 있었다. 촛불을 들고 함께 모여서 정부에 무엇인가를 요구한다는 것, 어느 나라에서도 본 적도 들은 적도 없는 시위이다. 허나 이 촛불들은 엄청난 파워를 자랑하고 있는데, 그 이유를 나는 칭화대학교에 교환학자로 재학 중이신 한 고위 공무원에게 여쭤보았고, 나름대로 그에 대한 답을 얻을 수 있었다.

정치에서 가장 중요한 것은 바로 국민들의 소중한 '한 표' 라고 할 수 있는데, 만약 이런 민주적인 촛불시위를 가만히 방치해 버리면 정말 모든 국민은 속된 말로 한순간에 단체로 삐지게(?) 되어 버릴 수가 있다는 것이다. 그렇게 되면 대통령이 속해있는 그 당은 자칫하면 정말로 큰일 나는 수가 있다는 것이다. 또한 그것을 계속 방치해 두었다가는 국제적인 한국 이미지가 급격히 추락해 버릴 수가 있으며, 한국 경제에 손실을 우려할 가능성도 매우 높기 때문에 우리나라 정부에서는 가능한 빠른 시간 안에 민주적으로 해결을 해야만 하는 것이다.

오늘날 상황을 지켜보니 정말 대한민국은 현재 큰일 날만 한 상황에 처해있지 않나 싶다. 하지만 나는 믿는다. 위기危機란 위험과 기회를 동시에 뜻한다는 것을 말이다. 60년 전에 6·25전쟁으로 인해 한반도 전체가 꼭 지금 중국 사천의 원촨지역 지진발생 후의 모습과 같았다는 것을 기억하고 있는가? 우리나라는 그로 인해 얼마 지나지 않아 무섭게 발전하였고 1988년 서울 올림픽에 힘입어 1990년도에는 최고의 경제 성장을 자랑했었다. 하지만 생각지도 못하게 IMF사건이 터져 버렸고, 그 외에도 정말 여러 가지의 많은 사건을 겪어 왔었는데, 그때마다 우리나라는 어떻게든 잘 극복해 나갔고, 지금도 그러고 있다. 어떻게 보면 지금 역시 매우 심각한 상황이기는 하나, 나는 심각한 만큼 대한민국이 미래가 있을 것이라고 확신한다! 왜냐하면 나라에 무슨 일이 있다 하면 전적으로 관심을 가져주는 우리 대한민국의 적극적인 국민이 있기 때문이다.

Ashley 저희 중국에서는 국민 하나하나가 정말 아무것도 아닙니다. 중국 특색의 사회주의 제도 속에 살아가고 있기 때문에 정부에서 무언가를 추진하면 다음날 바로 추진이 될 수도 있습니다. 그 누구도 반항할 수 없고, 반항할 용기를 낼 만 한 사람도 없습니다. 만약 실제로 그런 사람이 있다면 어느 순간 실종되어 버릴지도 모르는 일이지요. 그래서 저희 중국 사람들 입장에서 한국을 보면 정말 너무나도 존경스럽습니다. 우리 중국은 언제 한국처럼 국민 하나하나가 제대로 참정할 수 있을는지, 참으로 안타까운 현실입니다.

그러나 중국의 장점은 정부에서 하자는 대로 바로바로 추진이 되기 때문에 일이 막히는 일이 없이 매우 순조롭다는 데 있습니다. 중국의 발전이 지금 보시는 바와 같이 매우 빠른 이유 중의 하나도 여기에 있다고 볼 수 있습니다. 예를 들어 한국에서는 도로를 내기 위해 건물을 없애려면 상당히 절차가 복잡하지 않습니까? 그리고 충분한 배상을 해 주어야 하겠지요. 하지만 중국에서는 정부에서 도로를 내겠다고 하면 거의 반 강제적으로 진행해 버립니다. 보상을 해 주기는 하나, 한국에 비하면 정말 미약하지요. 집을 정리해야 하는 사람 입장에서는 한국에서 태어난 것이 정말 행운이기는 하나, 나라 전체의 발전과 추진력을 보았을 때는 중국이 정말 빠르다는 것을 알 수 있습니다.

그런데 제가 생각하기에 한국을 도무지 이해할 수 없는 점이 한 가지가 있습니다. 도대체 지지율 45%로 대통령을 뽑아 놓은 후에 얼마 지나지 않았음에도 불구하고 왜 이렇게 거센 반발이 일어나는 것인지를 잘 모르겠습니다. 대통령이 잘못한 것이 있다는 것은 알겠는데요, 제가 알기로는 한국 대통령이 참 똑똑한 사람인데 설마 고의적으로 실수를 했을까요? 분명히 어떠한 불가항력적인 환경이 한국 대통령으로 하여금 그렇게 할 수밖에 없도록 만든 것이 아닐까요? 아니 다시 말하면, 지금 대통령이 아닌 다른 분이 대통령이 되셨다면 과연 지금과 같은 일이 일어나지 않았을까요? 저는 그저 한 명의 중국인으로서 자세히는 모르겠습니다만, 아무튼 정말 안타깝습니다.

미국의 영향력은 한반도에서는 정말 대단합니다. 미국이 함부로 권력을 남용해 버리면 한국뿐만 아니라 그 영향력이 중국에까지 미치지 않을까 걱정도 됩니다. 도대체 문제의 근원은 어디에 있는 것일까요?

Andrew 전직 대통령께서 한 마디 하신 것이 기억나는데, 우리 자랑스러운 대한민국 국민은 정말로 깊게 새겨들어야 한다. 간략하게 말하자면, 나쁜 사건이 하나 터지면 민심이 싹 흩어졌다가, 좋은 사건이 터지면 언제 그랬냐는 듯이 다시 싹 몰려든다는 것이다. 우리 한국인은 기억력이 딸린 것일까? 예전에 몇몇 지도자 분들의 몇 천억 원대 비자금 사건으로 난리가 난 적이 있었는데, 지금은 다들 잊어버린 옛날이야기가 되어 버렸고, 아무도 그 당사자들에게 신경을 쓰지 않는다. **결국 그 당사자들을 욕하고 가만 안 둔다고 온 국민이 난리를 쳤던 시기는 한 순간이었다는 것이다.** 결국 이 이야기는 정부는 언제든지 좋은 일, 나쁜 일을 잘 감추어두어야 하며, 자신들의 필요에 의해, 그리고 시기에 맞추어 발표할 수 있어야만 민심을 장악할 수 있다는 말이다. 그로 인해 민심을 얼마든지 조절할 수 있다는 것은 그야말로 우리에게는 경악할 노릇이다! 그런데 왜 대한민국의 똑똑한 국민은 이것을 알면서도 왜 계속 당하고 있는 것일까?!

대한민국은 언론의 자유가 인정되는 민주주의 국가이다. 그렇기에 나는 엄청난 부담감에 사로잡혀 있음에도 불구하고 용기를 내어서 이 글을 쓰는 것이다(한국을 사랑하는 나의 마음을 이해해주었으면 한다). 그렇기에 모든 사람들이 다 하나같이 언론의 자유를 가지고 있는데, 물론 장점도 많이 있겠지만, 나는 여기에서 단점을 하나 들고 싶다.

Ashley 한국에서 남대문이 불타버렸을 때 일입니다. 한국 신문에서 어느 기자가 남대문이 완전히 홀라당 타 버린 것처럼 기사를 썼습니다. 게다가, 복구를 하려면 어떤 특정 나무를 써야 하는데 그 나무는 국내에 없으며 굉장한 비용이 소모될 것으로 보인다는 둥 중국에서도 찾아봐야 한다는 둥, 부정적인 내용으로 가득했습니다. 당시 저는 그 기사와 함께 올라온 남대문의 사진을 자세히 관찰해 보았고 놀라운 사실을 발견할 수 있었습니다. 비록 화재가 발생하기는 했으나 건물의 형태는 잡혀 있었고, 특히 아래쪽은 상태가 괜찮아 보였습니다.

그런데 재미있는 것은 기자가 남대문의 불타버린 사진을 올렸음에도 불구하고, 그 사진을 제대로 보았는지 않았는지 모르겠으나, 한국 네티즌들이 한다는 말은 '대한민국이 드디어 망하겠군' '새 정부가 들어서서 어쩌고저쩌고…' '이민 가야겠군' 등등 부정적인 댓글만 가득했었습니다. 게다가 이 사건이 이슈가 되고 있었던 그 시기에, 칭화대에서 아는 한국학생들을 만나 그에 대한 이야기를 종종 나누고는 했었는데, 그들 역시 그와 비슷한 반응을 보이는 것이었습니다. 저는 좀 이상하다는 생각이 들었습니다. 그래서 그들에게 "그런데 사진을 보니까 아래쪽은 멀쩡하던데요? 그 기자 문제 있는 거 아니예요?"라고 물었고, 중국 학생이 사건에 대해 너무 자세히 아는 것에 놀랐는지 어쨌는지, 그 학생들은 조금은 당황을 하며 "어… 그래요? 그에 대해서는 잘 모르겠는데요?"라고 말하며 이야기를 회피해 버렸습니다.

제가 느끼기에 그들의 모습은 그야말로 '단점 가득 한국인'의 모습이었습니다. 왜냐하면 자기의 주관이나 생각이 전혀 없고, 그

저 기자가 써놓은 말만을 믿고 기자의 의도대로 대화를 하고 또 누군가를 욕하고 있었기 때문입니다. 이틀이 지나 또 그와 관련된 새로운 기사가 한국 신문에 올라왔는데 제목은 '남대문 복구 가능성 있음' 이었습니다. 그 글의 내용은 '비록 화재가 발생하기는 하였으나 형태는 있으며 어느 정도의 예산을 소모하면 복구가 될 것으로 보이고, 정부에서는 필요한 목재를 찾는 중' 이라고 말했습니다. 아니나 다를까 한국 국민들은 그 기사에 격려와 희망에 가득 찬 댓글을 달았습니다.

이 사건을 통해 저는 한국인에 대해 많이 실망했습니다. 아니 어떻게 보면 이것은 저희 중국인도 마찬가지가 아닌가 하는 생각도 들었기에 부끄러웠습니다. 그런데 이 사건에서 한국인들은 도대체 왜 남들이 A라고 생각하면 몽땅 다 쪼르르 따라가 버리는 것일까요? 왜 당당하게 A가 아니고 혹시 B이지 않겠냐고 말하지 못하는 것일까요? 다른 의견을 가진 사람들은 남의 비위를 거스르기가 싫어서 댓글을 달지 않는 것일까요? 아니면 시간 낭비 하는 것 같아서? 아니면 원래 어쩔 수 없는 현상이니까 이미 포기해 버린 것일까요? 설마 소위 말하는 초딩들만 댓글을 다는 것일까요? 그러면 왜 저와 만나서 이야기 했던 한국인들 역시 다 기자와 같은 의견만을 말했을까요? 아마 제가 일부의 한국인들만 봐서 그런 것일 수도 있겠지만, 그럼 칭화대학교에는 괜찮은 한국인이 없다는 것인가요?

그래서 저는 이렇게도 생각을 해보았습니다. '많은 한국인들이 자기 주관이 그다지 강하지 않은 것 같다' 고요. 그러니 기자가 부정적으로 글을 써 놓으면 부정적인 댓글만 가득하고, 긍정적으로 써 놓으면 대부분이 긍정적으로 대답을 하는 것이 아닐까요?

단점이라 말할 수는 없고 장점이 될 수도 있는 현상이기는 하나, 의상을 봐도 한국인들의 근성은 어느 정도 알 수 있는 것 같습니다. 칭화대학교에 재학 중인 제 친구 왕모모의 말로는 한국인들은 말을 하지 않고 입을 닫고 있는 상태에서, 단 한마디의 말도 듣지 않아도 금방 알아 볼 수가 있다고 합니다. 그 이유를 듣자하니, 말을 들으면 발음 때문에 한국인이라는 것을 알 수 있겠거니와 말을 하지 않아도 '한국인들은 다 똑같이 생겼다'라는 이유로 알아 볼 수 있다는 것이었습니다. 거기에 한마디를 덧붙였던 것이 제 친구 'Andrew는 중국인인지 한국인인지 잘 구별이 되지 않는다' 하여 참으로 기뻐해야 하는 것이지 슬퍼해야 하는 것인지를 헷갈리게 했던 왕모모의 말은 저에게 깊고도 깊은 인상을 심어 주었습니다. **아마도 대부분의 한국인들은 튀고 싶지 않아 하고, 남들과 같았으면 하는 심리가 본능적으로 있는 것이 아닐는지**, 그냥 이런 생각이 들었습니다.

아무튼 저는 모든 한국인들이 '의심'의 능력을 갖추었으면 하는 작은 바람이 있습니다. 누군가의 말을 듣거나 혹은 글을 읽었을 때, 질문을 던질 수 있고, '정말 사실일까?' 하고 생각해보고 또 그와 관련된 근거를 찾아보는 그런 사고방식을 갖추신다면 얼마나 좋을까요? 그래야만 비로소 말장난으로 민심을 이리 저리 끌고 가는 무리들로부터 자유로워질 수 있다고 봅니다. 중국도 아마 마찬가지가 아닐까요? 그래서 더욱 가슴이 아파 옵니다.

이 글이 잠시 광우병 소 수입 문제와 거리가 멀어졌다고 여기는 독자들이 조금은 있지 않을까 싶지만, 사실 나는 이 문제를 더 확실히 말하고 싶은 마음에 조금은 잡다한 말들을 늘어놓았을 뿐이다.

기자들이 써 놓은 기사와 언론에 흔들리지 말고 우리 한번 진지하게 생각을 해보자. 이 문제의 근본은 어디에 있을까? 현재 우리의 요구는 다음과 같다. '미국 쇠고기 수입 절대 반대', '이명박 대통령 물러가라' 등등, '최소한 30개월 이상은 안 된다는 계약조건만 내세웠어도 괜찮았을 텐데' 라는 아우성도 많다. 이 중에서 미국 쇠고기 수입 반대는 대한민국 온 국민의 건강을 위한 우리의 절대적인 입장이다.

하지만 '이명박 대통령 물러가라' 는 말은 합당치 않지 않은가? 이명박 대통령이 취임 전에 지지율이 평균 40%가 넘었으나 **2008년 6월 16일자의 지지율을 보니 7.4%라며 '식물 대통령' 이라는 표현까지 써 놓았다.** 지금은 다시 올라서 20%가까이가 되었다고 하니 정말 다행이라고 할 수 있겠으나 이 얼마나 변덕이 심한 단점 가득한 한국인의 모습인가? 회사 최고 경영자로서 그 경험과 노하우로 한국 경제를 살리겠다는 그의 모습에 국민들이 모두 반한 것일까? 아니면 믿음 있는 신앙인의 모습에 반한 것일까? 이유야 어찌되었든, 40%가 넘었던 지지율이 이토록 심하게 떨어졌다가 다시 조금 오른 것을 보고, 나는 이것이 우리 국민 하나하나의 문제라고 생각한다.

앞서 말했듯이 **우리 한국인의 민심은 너무나도 쉽게 누군가에 의하여 조종당하고 있다. 주위에서 한 사람이 누구를 욕하면 옆에**

있던 두 사람이 그를 향해 욕을 하고, 또 세 사람이 그를 보고 쌍욕을 해대며, 나중에는 대부분이 그 사람을 향해 삿대질을 하며 잘못하면 때릴 기세다. 그러나 욕을 하는 대부분의 사람들은 자신들이 욕을 하는 이유조차도 잘 모르면서도 너무 욕을 잘하고 있다.

한번 곰곰이 생각해보자, 당신은 정말 이유가 있어서 촛불시위에 나갔는가? 아니면 분위기에 휩쓸린 것인가? 나를 포함한 단점 가득한 한국인들이여, 정신 차리고 자기만의 주관을 확실히 가지라! 그래도 나는 최소한 우리나라의 촛불시위가 위대하다고 생각한다. 왜냐하면 전 세계 어느 나라를 보아도, 특히 중국과 비교해보면 우리나라만큼 온 국민이 하나가 되는 나라가 없기 때문이다. 정말 대한민국은 위대하다! 만세!

2. 만약 당신이 대통령이라면?

Andrew 당신이 대통령이라고 한번 가정해보자. 여기에서 따로 또 한 가지 가정해야 할 것이 있는데, 그것은 바로 '대통령은 사기꾼이 아니다' 라는 것이다. 다들 알다시피 BBK사건 역시 진상이 밝혀 졌다. 40%였던 지지율이 만약 대통령이 사기꾼이라서 7.4%까지 하락했다면 그것은 합당하나, 사실은 그렇지 않다는 사실을 우리 는 우선 인정해야 한다. 만약 정말로 대통령이 사기꾼이라면 나는 정말 할 말이 없고 내가 글을 잘못 쓰는 것이다. 만약 그런 사태가 벌어진다면 나는 이 책을 읽는 모든 독자 앞에 무릎을 꿇고 사과 하겠다.

Ashley 만약 당신이 대통령이라면 한국에 광우병 소를 절대 수입하지 않을 것입니다. 무슨 일이 있어도 그렇게 할 수가 없습니다. 그런데 도대체 왜 한국의 이명박 대통령은 계약을 해 버린 것일까요? 뉴스를 보았을 때, 대통령이 계약 후 했던 말 한마디는 정말 크나큰 의미가 담겨져 있는 것 같습니다. **"정부는 최선을 다했습니다. 이제는 국민들의 선택에 맡깁니다."** 당신이라면 절대 계약을 하지 않겠지만, CEO 출신에 서울시장 출신에 어떻게 보면 대한민국에서 가장 똑똑한 사람 중 하나라고 할 수 있는 사람은 계약을 해 버리고 말았습니다.

　여기에서 저는 '어쩌면 거부할 수 없는 불가항력적인 요인이 있지 않았나' 추측해 볼 수 있다고 생각합니다. 어느 누가 대통령을 했어도…. 어쩌면 지금 우리 중국의 국가 주석인 후진타오나 최고의 총리라고 인정받고 있는 원자바오가 한국의 대통령을 했어도 결국 계약을 할 수밖에 없는 상황, 아무리 생각을 해보고 또 해보고, 다시 해보고 근거를 찾아봐도 **결국은 이 상황밖에는 있을 수가 없지 않나 싶습니다.** 만약 이런 상황이 아니라면 한국의 이명박 대통령은 분명 사기꾼이자 친미 매국노일 테니까요.

　그런데 단점 가득 한국인들은 모든 책임을 다 대통령에게 돌려 버립니다. 미국과 같이 한국보다 더 앞선 선진국에서 이런 일이 일어난다면 미국 국민은 최소한 이러지는 않을 것입니다. 아니 한국보다 후진국인 중국 역시 국가 지도자에게 반항할 여건이 된다고 하더라도 이러지는 않을 것입니다. 왜냐하면 그들은 미국 정부 시스템 자체가 그 누가 대통령이 되어도 쉽게 흔들리지 않도록 체계적으로 굳게 되어 있다는 것을 잘 알기 때문입니다. 또 중국 사

26　　　Andrew & Ashley's Story

람들은 비교적 지도자들을 믿어주고 혹 문제가 생긴다 하더라도 좋은 방향으로 도와주려 하는 경향이 많습니다. 그에 비해 한국은 정말 누가 대통령이 되느냐에 따라서 많이 흔들리는 것 같다는 생각이 듭니다.

허나 한국 국민은 이것을 아셔야 한다고 저는 생각합니다. 이유야 어찌 되었든 한국 국민이 직접 대통령을 믿고 뽑아주었습니다. 만약 그렇지 않다면 어떻게 지지율이 40%가 넘어가겠습니까? 설마 이 지지율조차도 옆 사람이 지지하니까 덩달아서 같이 지지해주었다고 핑계를 델 것입니까? 정말로 그런 것은 아니겠지요? 만약 그랬다면 한국인들은 정말로 세계 어느 곳을 가도 무시당할 것입니다. 사실 우리 중국에서는 이런 일이 일어날 기회조차도 없습니다. 그래서 한편으로는 한국이 부럽기도 합니다.

Andrew 나는 확신한다. 대통령이 계약을 하지 않고 거부하였더라면 대한민국에는 더 큰 피해가 야기되었을 지도 모른다. 왜 '30개월 이하의 소고기만 가능'이라는 계약 조건을 내세우지 못했던 것인 지에 대해서는 잘 모르겠으나, 설마 나라를 지도하는 그들이 이 조건을 까먹었을 리는 없을 것이고, 이것 역시 우리가 알 수 없는 어떠한 이유로 인하여, 아무튼 그 조건이 성립이 되지 않았다. 만약 지금 우리나라에서 시위하고 있는 국민들이 요구한 대로, 만약 정말로 계약을 안 해 버리기로 결정을 해 버리게 된다면 그로 인한 우리나라의 실질적 피해는 얼마나 클지… 이에 대해서는 여러분의 상상에 맡길 수밖에 없고 나도 자세히는 알 수 없으나. 나는 여기에서 한 가지 가정을 해 보았으면 한다.

당신의 한 달 수입은 얼마인가? 300만 원이라고 치자. 그런데 만약 어느 날 당신 수입이 300만 원의 가치에서 물가상승 및 경제 부진으로 인하여 180만 원의 가치로 떨어지게 되는 것과 미국 광우병 소고기 수입 중 한 가지를 선택하라고 한다면 당신은 과연 어느 쪽을 선택할 것인가? 그래도 광우병 소고기를 기필코 끝까지 반대할 것인가? 나는 그렇게 생각하지 않는다. 나를 포함한 단점 가득 한국인들은 자신의 윤택한 생활에 영향을 받는다면 금세 이기적으로 돌아서고 말 것이다. 안 그런다는 사람이 있다면 이 시대 최고의 애국자이므로 당신 앞에서 나는 친히 무릎을 꿇고 존경을 표한다!

위에서 말했듯이 대통령은 **"선택은 국민들에게 있다"**고 말했다. 광우병 소고기가 들어오면 제일 먼저 군대로 간다고 한다. 그렇기에 군인들은 더욱 입을 모아서 대통령을 욕한다. 심지어 기회가 되면 '대통령을 테러하겠다' 고까지 한다.

얼마 전 실제로 대통령이 북경에 오셨는데 그때 통역요원으로 가는 한 친구가 나에게 이렇게 말했었다. "좋은 기회야! 반드시 테러해야겠어!" 너무 자신감 있게 말하기에 나는 지레 겁을 먹고 "야, 그러면 안 돼! 빈 말이라도 너무한다"라고 말렸으나 그 친구는 "무슨 소리를! 그런 대통령이 무슨 국가 지도자의 자격이 있다고! 우리 집 정육점 하는데 나 잘못하면 돈 없어서 졸업도 못하겠다!" 하면서 으르렁 거리며 오히려 한 수 더 뜨더라만, 대통령 근처에 가니 금세 고개를 푹 숙이고 굉장히 예의 있는 태도로 언제 그랬느냐는 듯이 얌전하게 악수를 하더라….

통역이 끝난 후 나에게 자랑하면서 한다는 말이 "아이고, 옷이 참 멋있으시네요!"라고 대통령이 자기에게 인사하며 칭찬해 줬다면서 엄청 좋아하더라! **농담으로 그런 말은 얼마든지 할 수 있다고?** 다들 그렇게 말한다. 하지만 말 한마디의 힘이 얼마나 큰지는 다들 잘 아시겠지만, **우리나라 옛말에서는 '말 한마디로 천냥 빚을 갚는다' 고 했다.** 그 당시 하루 노동 일 삯이 한 냥이었다고 하는 점에 비추어보면 천냥은 그야말로 어마어마한 돈이라 할 수 있을 것이다.

나를 포함한 단점 가득 한국인들이여! **함부로 말 뱉지 말자, 그 말들이 꼬리를 물고 물어서 언젠가는 당신의 발목을 잡히게 되는 지도 모른다.** 사실 나도 마찬가지이다. 내가 지금 여기에 뱉고 있는 말 하나하니가 나는 두렵다. 그래서 독자 여러분들께 간곡히 바라는 것이 하나 있는데, 그것은 바로 나를 긍휼히 여겨 달라는 것이다.

Ashley 재미있는 것은 한국에 광우병 소고기가 들어오면 가장 먼저 군대로 들어간다고 하는데 군인들은 입을 모아 대통령을 욕하고 소고기를 절대 먹지 않겠다고 하지만 실제로 상관이 먹으라고 끝까지 요구한다면 결국은 아무 소리도 못하고 먹을 수밖에 없게 되지 않을까요? 중국에서도 마찬가지이지만 그런 곳이 군대이니까요.

일부의 단점 가득 한국인들은 멀리 있어서 자신에게 실제로 영향을 미치지 못하는 상관을 자주 욕합니다. 저는 실제로 학교에서 한국인들 옆을 지나갈 때 "씨발~!"이라는 말을 많이 들어 보았습니다. 처음에는 무슨 말인지 몰랐으나 알고 보니 한국 드라마에도 많이 나오더군요. 사실 욕을 할 만한 실질적인 이유도 없는 것 같은데 많은 한국인들은 습관적으로 욕을 하는 것 같았습니다. 그런데 멀리 있는 상관을 열심히 욕하는 그 사람은, 자기 자신에게 직접적으로, 또 실제로 영향을 미칠 수 있는 **자기보다 조금 더 높은 상관 앞에서는 확 얌전해져 버립니다.**

또 많은 한국 국민들이 대통령을 욕하고, 물러가라고 하고 소고기 결사반대한다고 하지만, 실제로 대통령이 소고기 수입 계약을 거부하여서 자신의 본래의 윤택한 생활에 영향을 받게 된다면 분명 다른 태도를 보이지 않을까요? 아무리 생각해도 소고기 계약을 하지 않겠다고 결정을 해 버린다면 대한민국의 경제는 분명히 또 다른 문제가 생길 확률이 높을 것입니다. 그리고 듣자 하니 이 문제는 지금 대통령이 취임한 후에 발생된 일이 아닌, 예전부터 거론되었던 일이라고 합니다.

한국 분들께서는 다시 한 번 확실히 아셨으면 합니다. 아시는 분은 정말로 자세히 아시고 또 뼈저리게 느끼고 계시겠지만 한국에서 만약 미군이 철수를 한다면 한국은 정말 큰일 납니다! 그런데도 예전에 한국에서 한 때 '미군 물러가라'고 난리를 쳤던 사건을 생각하면 비록 우리나라도 아니지만 아직도 가슴이 두근두근거립니다. **미군이 한국에서 물러가면 중국과 일본이라는 두 마리의 용과 가난하지만 싸움만은 잘하는 '건달' 북한은 어떤 행동을 취할는지….** 자칫하면 한국은 정말로 삼룡이가 되어 버릴 수가 있습니다. 저는 그저 한 명의 중국인에 불과하기 때문에 실질적으로 한국을 도우려야 도울 수도 없고 그럴 힘도 없습니다. 정말 냉혹하기 그지없는 이 시대에 살고 있는 우리들의 모습이 참으로 안타깝다는 생각마저도 듭니다.

3. 언론의 자유가 인정되는 나라에서 언론을 믿는다는 것

중국은 언론의 자유가 없는 나라이다. 다시 말하면 언론을 믿는다는 것은 그야말로 정부에서 말하는 좋은 부분만을 믿게 된다는 말이다. 한 마디로, **중국에서의 언론은 믿으려야 믿을 수가 없다고 봐도 무방하다.**

이번 원촨에서 지진이 났을 때의 일이다. 중국 뉴스에서는 "현재 순조로운 구조가 진행"되고 있고, "사상자가 1만 명 이상 정도로 생각보다 적으며(실종 불포함), 심지어 구출된 아이 한 명은 얼음콜라를 마시고 싶어 한다"는 등 여유 있는 모습을 카메라를 통해 보여주는 반면, 한국 뉴스에서는 "큰일이다! 구조대 200명이 구조 작업 중에 여진으로 인하여 매몰되었다, "사상자가 6만 명을 넘겠다(실종 포함)"는 등 여러 가지 내용의 부정적인 뉴스가 나오고 있었다.

두 나라의 뉴스는 절대 거짓말을 하지 않았다. 단지 말하고 보도하는 방식에 있어서 차이가 있었을 뿐이다. 이때 시청자가 중국 뉴스만을 보았더라면 아마 긍정적으로 생각했을 것이고, 한국 뉴스만을 보았더라면 부정적으로만 생각했을 확률이 매우 높다. 그러므로 언론의 자유가 없는 나라의 뉴스도, 언론의 자유가 있는 나라의 뉴스도 그냥 막무가내로 믿어서는 절대 아니 된다는 것이다.

2008년 6월 30일 자 한국뉴스에는 '경제, 국난적 상황에 가까이 가고 있어…' 라는 기사가 게재되었다. 이 뉴스에서는 "1년 전에 유가가 50달러를 넘으면 큰일 난다고 했는데 현재 150달러로 가는 상황"이라며 상황이 심각하다고 했다. 이 일의 관계자는 "이런 얘기를 하면 경제를 앞세워 국민을 겁주는 것이라고 비판하지만 꼭 그런 것은 아니다"면서 "IMF사태는 외부적 요건 뿐 아니라 내생적인 구조적 모순이 폭발한 것이지만 외생적 요건으로 이렇게 된 것은 이번이 처음"이라고 설명했다.

이 뉴스를 본 사람들은 여러 가지 생각을 할 것이다. '교통요금이 오르겠다'고 생각하는 사람도 있을 테고, 원래 차를 사려했으나 포기하려는 사람도 있을 것이다. 또 어떤 돈 많은 부자는 '아! 이제 길이 안 막히니까 드라이브 좀 제대로 할 수 있겠다!'고 할 수도 있겠고, 또 어떤 사람은 '촛불시위 등의 사건들을 저지하기 위한 것이 아니냐?' '국민들의 시선을 다른 곳으로 돌리려는 것 아니냐?'고 반문힐 수도 있겠디.

여기에서 우선 우리가 생각해 볼 수 있는 점이 여러 가지가 있겠는데, **우선 기자가 도대체 무엇을 근거로 이 기사를 썼느냐는 점**이고, 또 여기서 말하는 **'관계자'는 누구를 말하는가** 생각해 볼 수 있겠다. 또한, '비록 석유 값이 올랐지만 다른 물가는 어떠한가?' '반드시 다른 물가가 석유 값과 함께 올라가는 것일까?' 를 알아보는 것도 좋은 방법이고, 또 '단순히 석유 값만이 올라서 경제가 확 뒤흔들릴까?' '한국만 오른 것인가 아니면 다른 나라도 함께 오른 것인가?' 라고 의심해 볼 수도 있겠다. '혹시 기자가 다른 누군가의 제의로 이 기사를 쓴 것은 아닐까?' '그 제의를 한 사람은 누구일까?' 등의 내용들도 생각해 봐야 마땅하다.

한마디로 요약하자면, 앞으로 나를 포함한 모든 단점 가득 한국인들은 반드시 자기 주관을 가지고 신문과 뉴스를 볼 때마다 '기자가 이 기사를 쓴 목적은 무엇일까?' 라는 의심을 해보아야 할 것이다. 단점 가득하지 않은 분들에게는 할 말이 없으며, 한 가지 또 기억해야 할 점을 말하고 싶은데, 만약 사진이 첨부된 경우라면 그 사진을 자세히 살펴보는 것 역시 잊어서는 안 된다는 점이다.

연예인들의 루머에 대한 기사는 사실 알고 보면 연예인들 본인이 기자들에게 써달라고 요구하는 경우가 많다고 한다. 과연 무슨 목적일까? 사람들이 자기에게 집중했으면 하는 의도가 아닐까? 예를 들자면, '모 연예인이 무슨 나쁜 일을 저질렀다고 하는데 사실일까?' 라는 기사가 신문에 게재되었을 때, 누군가가 이 기사를 읽게 된다면, 그는 마땅히 깊은 사고를 하며 읽어야 할 텐데, 그게 말처럼 쉽지만은 않을 것이다. **어떻게 해야 우리들의 대뇌를 잘 굴릴 수 있을까도 잘 연구해 보아야 할 것이다.** 왜냐하면 그 연예인의 의도는 자기가 이런 일을 저지르지 않았다는 것을 증명하는 과정에서 가능한 많은 사람들의 주목을 받는 것이 목적이기 때문일지도 모르기 때문이다. 그리고 그 일이 나쁘면 나쁜 일일 수록 그 사건이 진실이 아니라는 것을 밝혔을 때, 그 연예인의 이미지가 하늘로 높이 치솟아 오르는 것은 당연한 일일 테니 말이다.

우리는 두 번 다시 기자들의 의도대로 놀아나서는 결코 아니 될 것이다. 그렇지 않으면 영원히 단점 가득함을 간직한 채로 살아갈 수밖에 없을 테니까… 혹시 일부의 기자들이 이 글을 읽고 나에 대한 나쁜 기사를 쓰려고 노력하지는 않을지 심히 걱정도 된다. 혹시 그런 기사가 나온다면 쉽게 믿지 마시고, 제가 위에서 언급했던 내용들을 참조 하셨으면 한다.

4. 한국 여자 중에 성형 안 한 사람 없다면서?

Andrew 어느 날 쉬는 시간에 갑자기 같은 반 친구 왕모모가 뜬금없이 이런 질문을 던졌다.

"야 Andrew, 듣자 하니까 한국여자 중에 성형 안 한 사람 없다면서?"

"…"

"정말 사실이야?"

"…응… 사실인데 어디서 들었니?"

"신문에서 그러더라, 그런데 우리 학교 한국인들만 봐도 정말 그런 것 같은데?"

"에이… 걔들은 화장을 짙게 한 것이지 성형은 아닐 거야. 그리고 신문을 볼 때는 반 의심의 태도로 봐야 하는 거야, 안 그러면 그게 얼마나 단점 가득해 보이는 지 알아?"

"응… 그런데 여기서 왜 '단점 가득' 이라는 용어를 쓰냐? 별로 적합하지 않은 것 같은데?"

"야, 그 기사의 의도대로, 그대로 너무 쉽게 넘어가는 것이 곧 단점 가득 아니야? 거기다가 내가 봤을 때 그런 글의 의도는 '선' 한 쪽보다는 '악' 한 쪽으로 기울게 되기 마련이니, 참 문제지."

"그래 너 잘났다! 한국인이라고 째는 거냐? 하하!"

차마 거짓말을 할 수는 없어서 솔직히 대답해 주며 동시에 한국인들의 이미지를 그래도 좋게 보이려고 이런 저런 이야기를 하며 노력하는 도중! 갑자기 옆에 있는 중국친구들까지 와서 "정말? 사실이야? 성형이 싼 가보지? 왜 그러는 거야 도대체?"라고 묻는 것이 아닌가! 정말 이날은 칭화대 7년 인생 중 그야말로 최고로 곤욕스러웠던 날이었다고 말할 수 있겠다.

다들 아시다시피 한국에서는 쌍꺼풀 수술을 '작은 성형', 심지어는 성형도 아니라고 하는 추세이다. 게다가 중국인이 바라보는 **한국은 '성형 공화국 1위'로 손꼽히고 있어 생활이 괜찮은 중국 학생들은 방학 때마다 한국에 가서 수술을 받고 오는 것이 당연하다는 듯한 흐름**을 나는 읽을 수 있었다.

생각지도 못한 사건이 터지고 말았는데, 그로부터 며칠 지나지 않아 학교 교양수업시간에 하필이면 교수님께서 주제를 '성형의 찬반'으로 정하여 또 나의 얼굴을 다시 한 번 붉게 만들고야 말았다! 엥? 그런데 오늘은 왜 한국 여학생들이 한 명도 안 보이는 거지? 설마 미리 주제를 알고 다 안 온 것인가?

아니나 다를까 교수님께서는 한참 강의를 하시던 도중, '혹시 한국 학생이 있냐'고 물었으니 순간 나의 가슴이 철렁 주저앉고 말았다. 있으면 손을 들어보라고 하셨는데, 비록 나는 손을 들지 않았으나 학생들이 나를 쳐다보고 웅성웅성거리는 바람에 나는 결국 손을 들 수밖에 없었다. 나에게 5분의 시간을 주겠다며 한국에서는 이 문제에 대해서 어떻게 생각하느냐고 말해보라고 하셨다. 한국 대학교에서는 어쩔지 모르겠지만, 너무나도 자유분방한 교육의 장소에서 나는 어떻게 말해야 할지 모르는 상황에 맞닥뜨리게 되었다. 그 이유는 다들 예측할 수 있을지 모르겠지만, 한국의 현실을 그대로 말하면 교실은 분명히 웃음바다가 될 것이기 때문이다.

"교수님, 준비할 시간을 좀 더 주십시오. 중국어가 딸려서요… 수업이 끝난 후에 말하겠습니다."

사실 중국어는 전혀 딸리지 않고 자신이 있지만 이렇게 핑계를 대고 나는 종이에 간략하게 정리를 하기 시작했다. 하지만 아무리 생각해도 '어떻게 말을 해야지 정확히 전달함과 동시에 한국인의 위상에 먹칠을 하지 않을 수 있을까?' 라는 생각에는 그야말로 정답이 없었으니… 한쪽에서 킥킥거리는 소리가 들렸는데 고개를 들어 쳐다보니 일본 학생들이었다. 참 이상하네? 그러고 보니 왜 일본 학생들한테는 말해 보라고 안 시키지?

"여러분, 여러분이 알다시피 한국은 세계에서 알아주는 성형공화국 1위입니다. 그래서 한국인들은 어느 곳을 가도 환영을 받습니다. 멋있고 아름답기 때문입니다. 저는 성형을 반대하는 입장이지만, 인간은 자유 의지가 있어서 자신이 꼭 그것을 통해서 만족감을 얻고자 한다면, 그것이 무엇이든 간에 **범죄만 아니라면 무엇이든 가능**하다고 생각합니다. 모든 것은 자신의 선택일 뿐입니다."

갑자기 한 학생이 질문을 던졌다.

"정말 한국인 여학생들 중에는 성형을 안 한 학생이 없습니까?"

왕모모가 이전에 했던 질문이었기에 나는 그다지 당황하지 않고 답할 수 있었다.

"대부분이 그렇습니다만 그렇지 않은 분도 계시고, 또한 쌍꺼풀 수술은 한국에서는 성형으로 여기지 않을 정도로 아주 보급된 수술이기에 별 문제가 없습니다. 그리고 참고로 제 여동생 역시 쌍꺼풀 수술을 했습니다."

"수술비용은 얼마나 되나요?"

3번째 줄에 앉아있던 예쁘장하게 생긴 한 여학생이 곧 성형하러 갈 듯이 호기심으로 가득 찬 태도로 질문을 던졌다.

"글쎄요... 예전에는 꽤 비쌌었는데 지금 쌍꺼풀 수술은 한국 돈 100여만 원이면 될 겁니다. 인민폐 7000원 정도이겠지요? 그리고 아실지 모르겠지만 한국의 특징은 애프터서비스를 확실히 책임지고 해 줍니다. 그리고 턱이나 그 외의 비교적 어려운 수술들은 그만큼 더 비싸겠지요." '하마터면 중국에 비해서 한국은 서비스가 매우 좋다'고 말할 뻔했다. 휴....

"학생, 그런데 한국에서는 도대체 왜 그렇게 성형이 유행이 된 거야? 미美라는 것은 정말 상대적인 것인데, 만약 100명 중에서 1~2명이 성형을 했다면 예쁘게 여기겠지만, 100명 중에서 90명 이상이 성형을 해 버리면 오히려 성형 안 한 10명이 예뻐 보일 수 있지 않을까?"

교수님께서는 부드러우면서도 날카로운 질문을 던지셨다.

"맞아요! 지나가는 한국 여학생들 보면 다 똑같이 생겼어요. 머리 파마 모양이며 모자 모양이며 옷·신발·가방까지 별로 차이가 없어요. 심지어 향수 냄새까지도 비슷하던데요? 그러면 도대체 미美의 기준이 뭐지요?"

나는 속으로 '하지만 한국인들 한 명이 너네 사이에 있으면 엄청난 미녀로 여기지 않냐!', '너네 사이에 한국 여자가 한 명 있으면 공기가 정화되는 기분인 거 아냐?', '너네 만날 한국 여자 꼬시려고 엄청 노력하잖아!' 라고 반박하고 싶었지만 그랬다가는 D학점을 받을 수도 있기에, 아 그것보다도 테러의 위험(?) 때문에... 예를 들어 내 자전거가 박살 나 있을 수도 있고, 아무튼 이런저런 이유로 꾹 참고 다음과 같이 대답했다.

"그래요, 그래서 저도 이것이 하나의 사회 문제라고 생각합니다. 여러분들이 좋은 의견을 내 주셔서 더욱 건강한 한국 사회를 만들어 갈 수 있다면 참 좋겠네요."

그날 수업은 대략 이렇게 마무리가 되었다. 교수님께서는 성형 문제에 대한 자신의 생각을 작은 숙제라며 다음 날까지 학교 홈페이지 숙제 제출 란에 제출할 것을 당부하시고 "다들 수고했다!"라는 한마디를 남긴 채 교실문 밖으로 천천히 걸어 나가셨다.

학교 동문을 통해 밖으로 나갔다. 한국인들로 가득 차 있는 우다코라는 거리에서 Ashley와 식사를 하기로 약속을 했기에 그곳으로 천천히 걸어가고 있었다. 이럴 수가! 평소에 별로 의식하지 않아서 몰랐는데, 진짜로 지나가는 한국 여학생들은 방금 중국 학생들이 말한 그대로였다. 수술을 했는지 붙였는지는 잘 모르겠으나 쌍꺼풀이 없는 한국 여학생은 거의 찾아 볼 수가 없었고 다 똑같은 파마에 피부색깔·입술색깔·치마·신발까지.... 좀 **과장해**

서 말하면 교복 입은 중·고등학생들을 보는 것만 같았다. 정말로 멀리서 딱 봐도 한국인인 것을 바로 알아 볼 수가 있었다. 남자들 역시 성형만 안 했을 뿐이지, 머리부터 발끝까지 거의 비슷한 복장을 하고 다니는 것은 두말 할 필요가 없었다. 공기의 고마움을 많은 사람들은 평소에 알 수 없듯이, 나는 여태까지 내 고향사람들이 어떤 모습을 하고 사는지도 잘 몰랐던 것이다.

Ashley와 만나서 식사를 하며 나는 이것저것 물어보았다.

"혹시 너도 성형했니? 이제 보니 눈이 쌍꺼풀이네?"

"야! 중국인들 중에는 쌍꺼풀 많거든?"

"왜?"

"중국은 56개의 민족으로 이루어져 있잖아, 게다가 지금은 거의 다 한족으로 바뀌는 추세이거든, 이미 95%를 넘기도 했고, 그리고 그 민족들 중에서는 러시아나 서양 계통도 꽤 많이 있어."

"아, 그렇구나? 오늘 수업시간 주제가 성형에 관한 것이어서 꽤 난감했었어, 신기하게도 한국 여학생들은 한 명도 안 왔더라고?"

"하하, 그럴 만도 하지 뭐, 괜찮아 **각 나라마다 그 나라의 문화가 있는 거니까 뭐!**"

씁쓸한 마음을 안고 식사를 한 탓인지 밥이 잘 넘어가지 않았다. 있다가 내야 하는 그 작은 숙제는 또 어떻게 써야 할지 참으로 난감했다. 아까 수업시간에 발표한 내용대로 써서 내는 수밖에….

정말 이해할 수가 없었다. 도대체 한국인들은 왜 이렇게 외모에 관심이 많은 것일까? 외모가 정말로 밥을 먹여주는 것일까? 맞는 말이기는 하나, 실제로 미美라는 것은 아까 교수님께서 말씀 하셨던 것처럼 지극히 상대적인 것인데 다들 쌍꺼풀을 해 버리면 나중에는 쌍꺼풀이 없는 사람이 더 아름답게 여겨질 수도 있는 것은 당연한 일이다. 실제로 서양에서는 우리가 보기에 추하다 여겨지는 외모를 가진 모델이 최고의 미녀로 칭찬받고 상을 받았고 유명한 CF를 찍었다는데. 또 중국에서는 Rain이라는 한국 가수가 쌍꺼풀이 아니기 때문에 오히려 더 멋있다며 다들 야단법석이지 않은가? 이러다가 정말 나중에는 쌍꺼풀인 사람들이 단커풀(?)로 바꾸어 달라는 수술을 요구하는 날이 오는 것은 아닌지… 정말 심히 걱정된다!

나를 포함한 단점 가득 한국인들이여 정신 차리라! 외모는 아름다워 봤자 그다지 큰 의미가 없는 법, 중요한 것은 내면인데 이상하게 우리 한국인들은 내면을 별로 중시하지 않는 것 같으니 참으로 안타깝다. 성경에서조차도 '사람은 외모를 보나 하나님께서는 중심을 보신다' 라고 써 놓았으니 더 할 말이 없겠다. 요새는 어느 나라를 막론하고 정보가 지나치게 발달되어 있고 기자들 및 많은 네티즌들은 어떻게든 자극적인 기사를 써서 주목을 받으려 하기 때문에 한국 성형 문제에 대해서는 정말 모르는 외국인이 있다면 바보 소리 들을 정도로 누구나 다 알고 있고, 많은 사람들이 이 문제에 대해서 관심을 가지고 있다. 그래서 어느 외국인을 만나도 내가 'Korean' 이라고 말을 하면 나에게 물어보는 몇 가지 질문은 이미 정해져 있는 상황이다. 그럴 때마다 나는 얼굴이 붉어지고 그 자리를 바로 뜨고 싶을 정도의 난처함을 느껴왔었고, 어쩌면 앞으로도 그럴지도 모른다.

하지만 한국인들 입장에서 외모를 아름답게 꾸미는 것은 이미 습관이 된 일이고 당연한 것이고, 또한 아름다워 보이는 것은 좋은 일이기 때문에 꼭 단점만 있는 것은 아니나, 비판하려고 하는 무리들은 '외모는 세계 최고급이나 내면은 그렇지 않다', '지나치게 많은 물질을 투자한다', '그래 봤자 그 외모가 몇 년이냐 가냐?'는 식으로 교묘하게 비꼬아서 파고 들어가니 우리 한국인의 국제 이미지가 그다지 좋다고 볼 수는 없는 일이다. 게다가 '한국인은 술고래'라는 것 역시 국제적인 이미지며, 우리들 앞에서는 '어떻게 그렇게 술을 잘 마실 수가 있니? 정말 대단해!'라고 감탄하는 척하며 칭찬해주나, 뒤에서는 '저런 사람들이랑 중요한 일 가능한 같이 하지 마라'는 둥, 금세 태도를 확 바꾸어 버리고 마는데, 이 일을 과연 어찌해야 할까….

Ashley 자기만의 주관을 가지고 생각을 바꾸어 보았으면 합니다. 사실 매일 규칙적으로 헬스나 수영 등의 운동만 규칙적으로 해도 얼마든지 멋있게 변할 수 있는 것이 사람의 외모입니다. 요새는 한국이나 중국이나 다 '몸짱' 되는 것이 유행인데 차라리 귀찮고 좀 힘들어도 헬스장에 가서 열심히 달려보는 것은 어떨까요? 그것이 오히려 **집에서 빈둥빈둥 놀면서 예뻐지기를 바라는 단점 가득한 모습보다는 100배 낫다는 생각이 듭니다.**

중국에서 가장 잘나가고 가장 높은 수익과 인기를 올리는 연예인이 누구인지 아십니까? 바로 '주걸륜' 입니다. 그런데 재미있는 것은 주걸륜을 처음 보는 한국인들은 다 하나같이 이렇게 말합니다.

"커헉! 저런 외모로 어떻게 연예인이 되냐?"

도대체 외모의 잘생기고 못생기다는 기준은 무엇입니까? 다행히 주걸륜은 중국에서 태어나서 현재 최고의 인기를 달리고 있고 그 인기는 내려갈 줄을 모르고 있으며, 이미 충분한 갑부라고 합니다. 하지만 **만약 그가 한국에서 태어났더라면 술집에서 시간수당 받으며 연주나 하고 있지는 않았을까요?** 한국에서는 잘생긴 외모와 어느 정도의 경제력만 받쳐준다면 누구나 연예인을 지망할 수 있다고 하는데 정말 사실인가요? 하지만 못생긴 사람은 절대 안 된다는 이야기는 누구나 다 알고 있습니다. 돈이 있으면서 못생긴 사람에게는 성형하고 오라고 자신 있게 권유하는 경우도 있다고 하는데 말이죠.

그런데 어떻게 보면 **중국의 연예인들은 제가 봐도 그렇고 국제적으로도 공인된 그야말로 실력파들**입니다. 그래서 그런지 외모가 받쳐주는 사람은 그렇게 많지 않습니다. 물론 홍콩과 대만 쪽에 있는 연예인들이 정말 잘 나가기는 하나, **중국 정부에서는 홍콩과 대만은 모두 중국의 일부**라고 말하니 저로서는 뭐라고 말을 해야 좋을지 잘 모르겠습니다. 더군다나 중국에서는 최상급에 있는 연예인들일수록 더욱 그러합니다. 정말 실력이 아주 출중하다는 말이지요. 허나 외모는 아름답지만 내면에 단점 가득한 일부 한국인들의 입장에서 과연 실력을 중시하는 사람이 얼마나 될지, 저는 이에 대해서는 잘 모르겠습니다. 이제는 너무 외모지상주의에 치우친 단점 가득한 모습을 제발 좀 버리십시오. 그렇지 않으면 나머지 두 마리의 용 때문에 한국은 정말로 삼룡이가 되어버릴 것입니다.

그것 아세요? 미국인이나 영국인 등의 서양 사람들은 잘 꾸미지도 않고 그냥 깔끔하게만 하고 다니는 경우가 많습니다. 그런데 한국 여학생들 중에서 상당히 많은 이들이 '남자의 능력'을 빼고 생각한다면, 멋진 한국 남자보다는 여러 가지의 이유로 그들을 더 선호하는 경향이 있다고 하는데, 과연 그 이유가 무엇일까요? 아마 영어 때문이기도 하겠지요.

그런데 한국 여학생들, 정말 서양 사람들 많이 좋아하는 거 아세요? 저는 칭화대학교에 있으면서 여기로 오는 교환학생들이나 어학연수생들이 '영어 때문에', 아니면 '어깨가 넓고 왠지 모르게 멋져 보이니까' 등의 이유로 미국 남자들이랑 신나게 놀며 지내다가 시간이 되면 한국으로 귀국하는 경우를 종종 보아왔습니다. 그런데 이야기를 듣자 하니, 여기서 그렇게 지내면서 시간이 지나 귀국해 놓고는, 한국에서는 여기서 아주 모범적인 생활을 하고 왔다고 말하고 다닌다는군요. 그러면 그런 여학생들은 또 어떻게든 이미지 관리 잘하고, 그제야 열심히 공부하고 해서 취직하고 또 결혼하고 그렇게 살아가겠지만... 과연 그 여성이 예전에 이랬었다는 것을 안다면 결혼과 취직이 원만하게 될 수 있을까요? 아마도 모르는 게 약이지요…. 취직은 될 것이라고 봅니다. 왜냐하면 100% 능률을 따지기 때문이지요. 하지만 이런 세상에서 과연 무엇을 믿을 수가 있겠습니까?

한국 분들 정신 차리시고, 내면의 세계가 아름다운 사람을 더 높이 평가할 만한 그런 눈을 가지시기를 간절히 부탁드립니다. 외모가 아무리 아름답고 멋있는 사람이라도, 내면에 해골물이 흐르고 있을지 어떻게 압니까? 아무도 이런 사람을 좋아하지 않을 것입니다. 그러나 지금 이 순간에도 오직 외모를 1순위로 여기는 그런 한국 분들을 많이 보고 있습니다. 그러면서 '이 사람은 내면도 외모와 같을 거야' 라고 주문을 걸어보고 있습니다. 글쎄요… 어느 순간 그의 내면을 보아버려 기겁하며 돌아서 보았던 분들도 혹시 많지는 않으십니까?

5. 폭력 천국의 나라 한국

Andrew 한국은 그야말로 폭력 천국의 나라이다. '맞지 않아보고 자란 한국인이 단 한명이라도 존재할까?' 라는 생각이 들 정도로 '미운 자식 떡 하나, 예쁜 식 매 한 대 더' 라는 속담이 있을 정도로 한국에서의 '매' 와 '회초리' 는 너무나도 당연한 이치라 여긴다. 비록 나라에서 '체벌 금지' 등의 조치 등으로 간접적으로나마 이를 막고 있으나, 사실 실질적으로 별 효과가 없는 것이 사실이다. 그 이유는 어른들이 아이들에게 행사하고 있는 '교육을 위한 체벌' 외에도 한국 여기저기 곳곳에서는 그야말로 각양각색의 무서운 폭력들이 존재하고 있기 때문이다. 특히 고등학교를 졸업하기 전까지 '일진' 이라는 부서운 폭력 문화는 대한민국의 어느 누구를 막론하고 겪어보았거나 옆에서 간접적으로 보았거나, 혹은 최소한 언론매체를 통하여 들어는 보았을 것이다. 그나마 요즘은 나아지고 있는 추세라 하니 정말 다행이 아닐 수 없다. '다른 나라에서도 어느 정도는 있는 것 아니냐? 라고 반문하는 분들도 계실지 모르겠지만, 선진국 대열에 들어온 나라 중 이 정도로 심각한 나라는 아무래도 한국밖에 없는 것 같다는 생각이 든다. 그나마 다행인 것은, 한국에서는 총기 소지나 무기 소지 등의 일들을 아주 철저하게 단속하고 있으므로 미국에서 일어난 그런 종류의 심각한 총기 사고 등은 일어나지 않고 있다는 점은 그나마 다행이라고 할 수 있겠다.

하지만 언론을 통해서 알 수 있듯이, 우리 대한민국에서도 미국과 마찬가지로, 총기 사고는 총기가 있는 곳에서 여러 번 발생했었다. 스트레스 때문일 수도 있고, 의견이 일치하지 않기 때문일 수도 있으며, 누군가가 이유 없이 괴롭게 했다는 이유일 수도 있고, 심지어 어떤 사람들은 요즘 한국 국민들이 '인스턴트식품을 많이 먹기 때문에 성격이 그렇게 변해가는 것이다' 라는 의견까지 냈으니, 이 문제의 근본은 현재 그 누구도 100% 파악하지 못하고 있는 것이 사실이다. 솔직히 말하면 필자도 이 문제의 근본을 잘 모르겠다. 자신감 있게 '이 문제의 근본은 이것이다!' 라고 말하기가 매우 힘들다. 아니 사실 알고 있다 한들 실제로 막을 방법이 없는 것 같다. 이것은 지극히 법이 간섭할 수 없는 '도덕적인 문제'이므로, 사건이 터진 후에 신고가 제대로 들어가야만 법적으로 처리를 할 수 있는 것이지, 사건이 터지기 전에 일어나는 여러 가지의 일들과 그 과정들은 전혀 법적으로 처리되고 있지 않으며, 특히 미성년자들에게 일어난 일들이나, 신고 되지 않은 가정폭력 등은 그냥 넘어가기 일쑤이니 정말로 대책을 세우기가 힘들다. 또 대한민국 인구의 절반인 모든 남자가 군대를 가야 한다는 이유도

대한민국에 폭력이 유행하는 원인 중 하나가 아닌가 하는 마음도 든다. 그 이유는 군대를 전역한 후에는 누구나 약간은 폭력적인 기질을 가질 수밖에 없기 때문이다. 최소 2년 정도는 그곳에 있어야 하니…. 그야말로 그곳의 생활이 몸에 익게 되는 것이므로 장점 또한 많으나 단점 역시 무시할 수는 없을 것이다.

오늘날, 욕과 폭력이 걸핏하면 난무하는 한국의 모습은 국제사회에서 심히 걱정스러운 모습이며, 특히 이제 막 태어난 어린 아이들을 바라보면, 과연 저들 중에서 최소한 '가정폭력'을 겪지 않을 수 있는 축복받은 아이들은 몇 %나 되려나 하는 '앞선 우려' 마저도 생기니 정말로 어찌해야 할 바를 모르는 안타까운 현실이다! 세상에서 가장 존귀한 것, 즉 '사람'을 함부로 대하는 이런 말도 안 되는 폭력! **서양에서는 개도 함부로 때리거나 욕하지 못한다 하는데,** 우리나라에서 도대체 '인격'이라는 것은 무엇인가? 이 문제야 로 하루 빨리 뿌리 뽑혀야만 마땅한 우리나라 사람들의 가장 큰 단점이라고 나는 생각한다.

Ashley **예?** 정말입니까? 한국에서는 정말로 이렇게 폭력이 난무합니까? 저는 칭화대학교 안에서 한국인들이 싸우는 모습을 단 한 번도 보지 못했기에 믿어지지가 않습니다만, Andrew의 말과 저희 반 한국 학생들에게 물어보니 사실이라고 합니다. 하지만 어렸을 적부터 제가 크게 잘못한 경우를 빼고는 부모님께 맞아본 적도 없고, 가정폭력도 겪어 보지 않은 저를 비롯한 대부분의 중국 학생들에게는 한국에서 일어났었던, 그리고 현재도 일어나고 있다는 이 일들은 도무지 이해를 하려고 해도 이해가 되지 않는 그런 말도 안 되는 사건이라는 생각이 듭니다. 물론 중국의 중·고등학교에서도 일진이 있습니다만, 학교 측과 공안 측에서 아주 엄격하게 단속을 하기 때문에 일이 커지는 경우는 거의 없습니다. 도대체 무엇 때문에 중국의 중·고등학교 학생들이 한국에 비해서 이렇게 얌전한 것인지는 잘 모르겠으나, 어떻게 보면 저희들 입장에서는 그들이 '멋있어 보인다(?)'는 느낌이 들기도 합니다. 왜냐하면 저희들이 감히 해보지 못했고, 앞으로도 할 수도 없는 그런 일들을 한국에서 용감한 일부의 사람들은 감히 할 수 있다고 생각을 하니 말이지요. 게다가 한국 영화를 통해서 소위 말하는 '일진'들이 어떤 모습인지를 보고 난 후, 대부분의 중국의 중·고등학교 학생들 역시 저와 마찬가지로 그들을 '나쁘다'고 생각하기보다는 **'멋있다' 라고 생각하는 경우가 많으니** 이게 도대체 어떻게 된 일인가 싶습니다. 나쁜 것을 배우는 일은 정말 너무나도 쉬운 일인 것 같습니다.

가정폭력이라는 것은 더욱 이해가 되지 않습니다. 듣자 하니 한국에서는 남편이 아내를 함부로 대하는 경우가 많이 있다는데, 정말 사실입니까? 어떻게 힘없는 여자를 그렇게 대할 수가 있습니까? 정말 이해할 수 없는 비겁한 일입니다. 사실 이렇게 생각을 하고 한국 남자들 나쁘다고 생각을 해 보았는데, Andrew가 옆에서 하는 말이 '한국에서 요새는 매 맞는 남편들도 많다' 라고 말을 하니, 또 제가 무엇이라고 말을 해야 할 지 정말 모르겠습니다. 아무튼 이 모든 일들이 중국에서는 정말로 불가능해 보이는 일이고, 그런 일이 벌어진다면 저희는 아마 당장 이혼을 해 버릴지도 모릅니다. 하지만 한국에서는 그런 일들이 비일비재하게 일어남에도 불구하고 잘 참고 넘어가는 경우가 많다고 하니 제가 느끼기에는 가히 신기할 정도입니다. 한국인들의 인내심이 이렇게 좋다는 것입니까? 아니면 분위기가 그런 것입니까? 세계 어느 나라에서도 마찬가지이고, 중국 역시도 이런 일들이 존재하기는 하나 한국처럼 이렇게 심각하지는 않은 것 같습니다.

저는 세상에서 가장 존엄한 것이 인간이라고 생각하기에 한국인들의 이런 폭력적인 행위를 정말 이해하려야 이해할 수가 없습니다. 부모가 자식의 교육을 위해서 어쩔 수 없이 눈물을 머금고 드는 사랑의 회초리는 어쩔 수 없다고 쳐도, 도대체 왜 한국에서는 여기저기서 걸핏하면 폭력이 행해지는 것입니까? 직접 보지는 못했으나 중국에서도 술 먹고 싸우다 공안에 잡혀가는 외국인들 중 한국인들이 가장 많다고 하네요. 인간을 조금 더 존엄한 존재로 여길 줄 아는 한국이 되었으면 합니다. 중국과 그 외의 나라에서는 교통사고나 그 외의 의외의 사고로 인하여, 혹은 강도를 만나 다치거나 생명을 잃는 일은 많아도, 아는 사람끼리 서로가 서로를 때리거나 폭행하여서 그렇게 되는 일은 그다지 많지 않습니다. 미국과 일본 같은 나라 역시 '개인주의' 추세여서 더욱 그러지 않습니다. 하지만 치안이 세계적인 수준이라는 한국에서, 사실은 보이지 않는 곳에서 이런 무수한 폭력들이 행해진다는 사실을 들으니 한국 가고 싶다는 마음조차 흔들리는 것 같습니다. 도대체 어떻게 된 일일까요? 아무쪼록 인간을 조금 더 존엄히 여길 줄 아는, 주위 사람들과 아는 사람들을 당연히 더욱 소중히 여겨주실 줄 아는 그런 멋진 한국 분들이 되셨으면 하는 바람이 있습니다. 친하면 친할수록 더 잘해야 하는 것 아닌가요? 친하니까 어쩔 수 없이 다퉈야 하고 문제가 생길 수밖에 없다는 것은 이해하겠으나 때리고 싸운다고 또 폭력을 쓴다고 그 일이 과연 해결될까요? 저는 절대적으로 불가능하다고 생각하고 그런 행위들은 오히려 문제를 더욱 더 악화시킬 뿐이라고 생각합니다.

6. 이혼율 세계 최고의 한국

Andrew 결혼할 때는 간이라도 빼줄 것 같던 사람들이 나중에는 '죽여 버리겠다는 둥, 내 인생을 너 때문에 망쳤다는 둥' 이런 저런 이유로 야단법석이다. 누구나 결혼한 후에 생각지도 못한 일들이 생겨 여러 가지 갈등을 겪는 것은 어떻게 보면 자연스러운 일이기는 하나, 일부의 단점 가득 한국인들의 모습은 그야말로 '다혈질' 이다.

결혼이라는 것은 아주 고귀한 일이다. 어쩌면 세상에 이보다 더 고귀한 일은 없을 지도 모른다. 부모 밑에서 귀하게 자라온 한 아들이, 역시 부모 밑에서 더욱 귀하게 자라온 한 딸을 만나 새로운 가정을 이루고 또 머지않아 '신입 부모' 가 된다는 것… 이 얼마나 귀한 일이며 자연계의 신비함에 감탄할 수밖에 없는 일인가! 저자가 생각하기에 세상에서 이것보다 더 귀하고 중요한 일은 없다. 이것이 없다면 인류는 이미 멸망해 버렸을 테니까!

요즘 어른들이때로는 젊은 애들 하는 짓거리(?)를 보면 혀를 끌끌 차면서 하시는 말씀이 "쯧쯧… 말세다 말세…"라는데, 정말로 말세라서 이런 일들이 벌어지는 것일지도 모르겠으나, 요즘 한국에서 결혼하신 일부의 '신입 부부'들을 보면 그야말로 단점 가득하기가 그지없다. 결혼하기 전에 그 둘은 서로에게 말한다. '평생 너만을 사랑 할거야!', '너 없이는 못 살아!', '너를 위해서라면 저 별이라도 따 올게!' 등등, 심지어 이거보다 더한 말들과 닭살 돋는 여러 가지의 일들은 이미 우리의 상상을 초월했다! 그러나, 인간은 망각의 은사가 있다고 했던가? 아니, 아무리 망각의 능력이 있다고 해도 그렇지, 몇 십일 전, 아니 몇 백일 전에 했던 말과 언약은 다 어디로 가버린 것인가? 어느 순간 그 '사랑하던 사람'에게 속삭이던 '사랑한다'는 말은 어디론가 사라져 버리고, 그 자리에는 '죽어 없어져야 할 인간'이 나타나 있으며 입에 담기 어려운 상스러운 욕들은 기본이고, 본래 '사랑한다'고 속삭였던 언어는 '증오'로 변해 있으니, 정말 어른들이 보면 말세라고 혀를 끌끌 찰 일 중에 가장 큰 일이 아닌가 싶다.

나는 확신한다. 이미 이 세상을 떠나신 어르신 분들이 요즘 이 모양 이 꼬락서니를 보면 정말 발벗고나서서 말리실 것이라고! 이유야 어쨌든 예전에는 다들 아무리 가난해도 오순도순 다정하게 잘 살았고, 이혼이라는 일은 결코 있을 수가 없었다.

이야기가 여기까지 진행이 됐으면 이제 남녀평등 문제와, 여자의 지위에 대한 일들을 걸고 넘어지는 무리들이 생기게 될 터인데, '예전에 우리 여자들이 얼마나 참고 살아왔는지 아느냐!'가 아마 핵심이 되지 않을까 싶은데, 지금부터 이에 대한 이야기들을 나누어 보도록 하겠다.

Ashley **저**희 중국도 예전에는 한국과 같았습니다. 이혼이라는 것은 있을 수 없었고, 이혼을 하거나 무슨 일이 생기면 이웃들에게 아주 심하게 비판을 받는 것이 당연했으며, 심지어 마을에서 쫓겨나기까지도 했었습니다. 하지만 서구문화가 들어온 이유인지 아니면 다른 이유 때문인지, 한국도 그렇고 중국도 그렇고 여러 가지로 변한 점들이 참 많습니다. 장점은 지키고 단점을 고쳐나가야 하는 것이 바람직한 방향이라고 하나, 한국이나 중국이나 워낙 급격한 변화 때문인지 그 와중에 잃어버린 것들도 많이 있습니다.

　그 중에 가장 중요한 것이 '결혼' 의 고결함이라는 생각이 듭니다. 예전에는 한국이나 중국이나 이미 결혼을 했으면 이유야 어찌 되었든 목숨이 끊어질 때까지 그 사람과 맞추어 나가며 행복을 추구하며 살아갔는데 요새는 이런 일이 절대로 있을 수 없다는 것이 너무나도 안타까운 현실입니다. 요즘 시대를 향해 '보지도 들어보지도 못한 지나친 개인주의 시대' 라 일컬을 수도 있을 텐데, 가족보다는 자기 자신, 개인을 더 소중히 여기고 그것을 위해서라면 무엇이든지 희생시킬 준비가 되어있는 것 같다는 극단적인 생각조차도 요즘 시대는 가능해져 버린 것 같습니다.

　오늘날 이혼율이 높은 이유 중, 그 중에 가장 대표적인 이유를 들자면 그것은 바로 '여성 지위의 상승' 이라고 말할 수 있을 텐데, 중국은 세계에서 남녀평등을 가장 잘 실현한 국가 중에 하나라는 사실을 우선 말씀 드리고 싶습니다. 그렇기 때문에 중국에서 여성은 그야말로 남성들에 비해서 크게 차별을 받는 일이 적으며, 중요한 부서와 직위에도 여성들이 많이 있습니다. 제가 한국 인터넷을 검색해보니, 한국에서도 고위공무원들 중에 여성의 비율이 날이 갈수록 높아지고 있다고 하니 참으로 기쁜 일이라고 생각합니다. 특히 판사·검사 직책에도 여성의 비율이 절반이나 된다고 하니 참으로 기쁘고 또 기쁜 일입니다. 또한 그들은 한국에서 가장 어려운 시험을 통해 검증되었으므로, 업무 능력이나 그 외의 것들이 남성에 비해서 결코 밀리지 않을 것이며, 어떤 부분에서는 남성보다 더 잘해낼 수 있을 것이라는 생각까지도 듭니다. 하지만 안타까운 것은, 위에서 언급한 이 대단한 여성분들은 모든 한국 여성분들 중에서 아직까지도 극소수에 불과하고 대부분의 여성들은 아직까지도 남녀차별을 겪고 있다고 하니 정말 너무나도 안타깝다는 생각이 듭니다.

중국에서는 공무원뿐만이 아니라 회사와 그 외의 모든 직장에서 여성이 남성만큼의 대우를 받고 있습니다. 당연히 생리적인 이유로 인해 적합하지 않은 부서는 제외합니다. 그렇기 때문에 저희들은 대부분의 가정에서 여성이 남성만큼의 경제력을 지닐 수가 있게 되지요. 하지만 재미있는 것은 중국 대부분의 가정에서 남자와 여자, 즉 중국 부부의 모습은 마치 친구와 같다는 생각이 듭니다. 한국은 어떤지 잘 모르겠습니다만, 저희들은 마치 친구와 같다는 생각으로 지내는 경우가 많습니다. 친구와 친구 사이는 어떻게 지내는가요? 남자가 일방적으로 여자를 먹여 살리는 것이 친구와 친구의 관계인가요? 꼭 여자가 남자만큼 벌어야만 남자가 속이 시원한가요? 그렇지 않습니다. **친구와 친구의 관계, 즉 '진정한 친구'의 관계**, 이것이 현재 중국 대부분의 가정에서 행복을 꾸려나가고 있는 부부의 모습입니다. 서로가 서로를 진정 이해해주고 서로의 결점을 채워주려고 노력하면서 살아가는 아름다운 모습들, 하지만 **게으른 것은 절대 인정할 수 없는 그런 부지런한 삶**, 허나 날이 갈수록 변해가고 있는 세상 때문에 사실 중국 역시 이혼율이 증가하고 있다고 합니다.

제가 알기로는 한국은 예전에 가부장적 가정 형태를 띠고 있었으나, 시간이 지나면 지날수록 여성의 지위가 높아져가며 남녀평등을 추구해가고 있다고 합니다. 하지만 그 가부장적 가정 형태가 사라진 후에도 여성이 일을 하면 남성이 체면이 없다는 등의 이유, 혹은 여성으로서 헤쳐 나가기에는 사회가 너무 냉혹하고 어려운 점이 많다는 점 등의 이유로 여성이 집에서 가사를 전담하는 경우가 많았다고 하는데, 요즘에서야 비로소 맞벌이가 당연시가 되고 있다고 하지요? '못생긴 건 데리고 살아도, 일 안 하는 것 데리고 못살아!' 라고 외치는 것이 요즘 결혼적령기 남성들의 태도라고 한국 신문에서 읽었는데 사실인지는 잘 모르겠네요. 하지만 재미있는 것은 이런 태도와 다르게 여성들은 어떻게 해서든지 '능력남' 을 만나서 일 안하고 편안하게 살아보려고 하는 추세이니, 정말 모순이며, 한국사회에서 남녀의 전쟁은 끊임이 없을 것으로 보입니다.

이해할 수 있습니다. 저희 중국 여성들이 만약 한국 사회와 같은 시스템에서 살아간다면 저희들 역시 그럴 수밖에 없다는 것을 저는 인정합니다. 그래서 한국에 있어서 가장 중요한 것은 우선 점차적으로 시스템을 바꾸어 나가는 일인데, 듣자 하니 그렇게 하고는 있다고 합니다만 추진이 느린 것인지 말로만 하고 있다고 하는 것인지를 도무지 알 수가 없네요.

어찌되었든, 이 모든 것이 **결혼생활과도 직결되는 아주 중요한**

문제라고 생각합니다. 단순히 현대 한국인들 중 다혈질이 많아져서 이혼율이 높아지는 것은 절대로 아닌 것이니까요. 듣자 하니 **한국 남자의 어깨는 세계에서 가장 무거운 어깨**라고 하는데 그게 정말인가요? 그럼 좀 여자가 함께 그 무거운 짐들을 짊어주면 안 될까요? 이렇게 말하니까 너무 쉽게 말하는 것 같습니다. 사실 어떤 여자가 그러고 싶어 하지 않겠습니까만 그것을 행동으로 옮기는 것이 아주 어려운 문제이겠지요. 하지만 저는 이렇게 생각합니다. **이혼율이 높아지는 이유는 서로가 서로를 잘 이해해주지 못하기 때문이고, 상대방보다는 언제나 자신을 우선으로 하기 때문**이라고요. 쉽게 말하면, 제가 보았을 때 일부 단점 가득한 한국 여자들은 말로는 남자의 짐을 함께 짊어주겠다고 하나, 실제로는 그렇지 않는다는 것입니다. 그 이유는 **상대방보다 자신을 우선으로 여기고 지나치게 자신을 아끼기 때문입니다.** 반대로 일부 단점 가득한 한국 남자들은 말로는 여자를 위해준다 하나 실제로는 그렇지 못한 경우가 많습니다. 사실 여자가 원하는 것은 이것인데 남자는 자기 방식대로 여자를 위해 줍니다.

한국 남자의 가장 큰 문제점은 바로 '돈이면 다 되는 줄 안다' 는 데 있습니다. 사실 그럴 만도 한 것이, 여자들이 결혼 상대를 택할 때 경제적인 능력을 1순위로 삼기 때문에 남자들도 그런 줄 알게 될 수밖에 없지요. 하지만 정작 살다 보면 돈보다 중요한 것들이 정말로 많이 있습니다. 얼마 전 한국 뉴스에서 나왔었던 일화처럼 '연봉 1억 원짜리 남편' 이기는 하나 '빵점 남편' 이라고 아내에게 버림을 받았다고 하는 이야기는 돈 외에 다른 것들로밖에 채울 수밖에 없는 부부관계 사이의 공백들이 의외로 많이 있다는 것을 증명하는 좋은 예화이지요. 그 뉴스에 댓글을 보니 '아내가 배가 불렀다' 는 둥, '요즘 여자들 문제 많다' 는 둥 여러 가지 이야기들이 많으나, 사실 이런 일들은 겪어보는 사람들 외에는 모르는 법이니 함부로 판단해서는 안 된다고 생각하며 그 부부 당사자들의 의견을 최대한 존중해줘야 한다고 생각합니다.

결국 상대방의 의견을 존중해 주며, 상대방이 필요한 것을 찾아서 서로 채워주려고 해야만 마땅하지, **'내가 생각했을 때 상대방이 필요할 것 같은 것'으로 채워 주려 하면 안 된다는 것입니다.** 이것을 해결하는 가장 좋은 방법은 **'충분한 대화'** 밖에 없겠지요. 또한 한국사회에서 가장 문제가 되는 가정문제는 '폭력' 문제인데, 요새는 여자가 남자를 때리기도 한다니 제 입장에서는 할 말이 없습니다. 그리고 나중에 이유를 들어보면 그럴 만도 할 것 같다는 생각도 드니 더욱 할 말이 없습니다. 하지만 이유를 들어보면 어쩔 수 없다는 생각도 들기는 합니다만 **'진정한 친구'의 사이라면 그렇게 어려울 것 같다는 생각도 안 듭니다.**

독자 여러분, 진정한 친구라는 것이 무엇입니까? 서로가 모든 것 다 받아주고, 아무리 함께 있어도 질리지 않고, 그리고 서로의 결점 · 부족한 점 · 필요한 것, 모두 다 가능한 채워줄 수 있는 그런 사이가 아닐까요? 고대사회의 가정과 너무나도 다른 형태를 지닌 요즘과 같은 가정의 형태에서 부부는 반드시 '진정한 친구'가 되어야만 합니다. 되기 힘들다면 노력하는 수밖에 없습니다. 만약 진정한 친구가 되지 못할 것이라고 판단되는 경우라면 결혼을 하지 않는 것이 더 좋지 않을까 싶습니다. 로맨스는 일정시간이 지나면 모두 사라져 버리고 맙니다. 그때부터 우리는 속된말로

'정으로 산다'고 말하지요. 하지만 이미 진정한 친구가 되어버린 부부라면 이것저것 신경 쓸 필요 없이, 정말 멋진 인생을 살아갈 수 있지 않을까요? 왜냐하면 모두들 어렸을 적 추억이 있으시겠지만 '그 친구'와 함께 있으면 어디에서 무엇을 하든지 천국에 있는 것 같지 않았습니까? 아니, 현재도 그렇지 않으십니까? 그 친구가 꼭 동성친구만 될 수 있는 것은 아닙니다. 저 역시 그런 동성친구가 몇 명 있습니다만 이성친구 중에 단 한 사람과도 그런 관계를 가질 수 있다고 생각합니다. 그 사람이 아마 제 미래의 배우자이겠지요.

일부의 단점 가득 한국인들과 또 중국인들에게도 권하고 싶습니다. '진정한 친구'가 되지 못할 것 같다면 아예 결혼하지 마십시오. 이혼율만 올라갑니다.

7. 한국인은 술고래

칭화대학교에서 본과를 다닐 때 있었던 일이다. 기말고사가 끝난 어느 날 중국인 친구들과 회식자리를 가졌는데 맥주를 한 사람당 한 잔씩 따르고 건배를 하려는 하는 그 찰나! "잠깐만 잠깐만, 얘는 Korean이잖아?"라며 어떤 중국학생 한 명이 내 맥주잔에 백주를 붓는 것이 아닌가? "어이어이! 지금 뭐 하는 거야?" 약간 화난 목소리로 따졌으나 그 친구의 태연한 대답은 나를 정말로 당황하게 만들었다. "한국인은 원래 술 잘 마시니까 이 정도는 당연한 거 아니냐?"라는 것이다. 나는 "모든 한국인이 다 그런 것은 아니니까 오해하지 말라"고 잘 타일렀으나, 그날 회식은 정말 기분을 완전히 망쳐버리고 말았다.

나를 포함한 단점 가득 한국인들은 그야말로 '술고래'들이다 (사실 나는 술을 잘 못 마신다). 세계 곳곳 윤락가와 술 마시는 곳에 한국인이 없는 곳은 거의 없다. 만약 없다면 미녀들이 없거나 맛없는 술만 파는 곳일 것이다. 게다가 그들은 술을 마실 때 옆 사람들로 하여금 '이 사람 갑부가 아닌가?' 라고 착각을 하게 만드는 괴상한 능력까지 지니고 있으니, 그 중국인이 내 맥주잔에 소주를 들이부을 만도 한 것이다. 혹시 그 중국 학생, 예전에 한국인에게 당해본 경험이 있는 것은 아닌지? 그래서 나에게 복수를 한 것일까?

그나저나 한국인들끼리 모이게 되면 개인적으로 술을 잘 마시지를 못해서 가능한 술자리에서 얌전히 있는 편인데, 어느 순간 중국인들마저 한국인 이상으로 변해버려서 얌전히 있지 않으면 정말 큰일 날 수(?)도 있겠다는 두려움마저도 들게 되었다. 그렇다! 이제는 옛날의 더럽고 게으르고 순진한 중국인들이 아니다! 어떻게 해서든 자기의 이득과 중국의 이득을 취하기 위해 안간힘을 쓰고 거기에 목숨까지도 걸 수 있는 그들이다. 또한 그들은 지나칠 정도로 냉정하다. 그들은 잘 알고 있다. **한국인들은 술대접만 잘만 해주면 본래 안 되는 일이 될 수도 있다는 사실을** 말이다. 게다가 미리 미녀들까지 물색해놓고 기다리고 있으니, 정말 대접받는 대한민국 사람들은 그 자리에서는 즐거워하고 즐기고, '중국 사람들 센스 있다' 고들 좋아하고 있으나, 실은 사자 굴에 있는 것과 다를 바가 없다. 내 눈에는 옆에서 팔짱 끼고 있는 여자가 늑대로 보이고, 대접하고 있는 중국 사람들은 침을 질질 흘리고 있는 하이에나로 보인다. **한국인들끼리는 신뢰가 있고 믿음이 있고, 넘어서는 안 될 선이라는 것이 있기에 문제되지 않으나, 중국인들에게는 그런 것이 없다.** 사실 중국인뿐만이 아니라 일본인 및 그 외의 외국 사람들 모두 마찬가지다.

한번은 우리 학교 MBA과정에 계신 한 선배님께서 식사를 하시면서 나에게 잘 새겨놓으라면서 예전에 일본에서 있었던 일화를 말씀해 주셨다. 처음에는 너무 예의가 바르고, 모든 요구를 다 들어줄 것만 같았단다. 그래서 과연 '선진국 일본'이라고 생각을 하며 한국 측 역시 매우 호의적으로 나갔다고 한다. 미녀들과 술과 더불어 신나게 놀고 새벽 5시쯤에 숙소로 돌아가서 잠을 청했다고 하는데 갑자기 8시 30분에 전화가 오더니 빨리 회사로 와달라고 하더란다. 무슨 일인가 싶어 최대한 빨리 씻고 회사로 정신없이 향했다는 그 선배님… 회사에 들어갔더니 자기를 부른 이유는 정말 너무나도 어이가 없었다고 한다.

"밤새 잘 주무셨습니까? 이건 어제 회의했던 내용입니다. 점검해보시고 사인만 해 주시면 됩니다."

이게 뭐야? 어제 정식 회의 때부터 했던 내용들부터 시작해서 술자리에서 했던 말들까지 모조리 그 종이 한 장에 다 기록이 되어 있는 게 아닌가? 자기가 말한 기억이 없는 부분들도 있었다는데 얼핏 보니 그 중에서는 전적으로 한국 측에 불리한 조건들도 많았다는 것이다. 밤새 술을 마시고 2~3시간 밖에 자지 않아 몽롱한 상태에서 그 내용들을 읽어보자니 도무지 머리가 제대로 돌아가지를 않아서 식은땀마저 낫다는 불쌍한 선배님… 결국 한국 본사에 전화를 걸어 하루 더 있다가 가도록 하겠다며 양해를 구했다는데, 한국 본사에서는 '시간 없이 죽겠는데 어떻게 하루 더 있을 수가 있냐'면서 들들 볶더란다! 그런 일을 겪은 후에 앞으로 외국에서는 정말 주의해야겠다고 다짐했다. 그러나 지금 그의 모습을 보면 언제 그랬냐는 듯 다시 그 일을 반복하고 있으니, **나는 또**

그의 앞에 어떤 일이 벌어질지 참으로 두렵다.

　다시 말하지만 한국인들끼리는 서로 신뢰가 있고 서로 이해를 하고 있으며 넘어서서는 안 될 만한 그런 선이 있기에 서로가 서로를 안전하다고 여겨도 될지 모르나, **국제 사회에서는 결코 용납될 수가 없는 일이기에 나는 정말 우리 한국의 미래가 심히 걱정스럽다.** '그러면 외국 사람들이랑 만날 때만 좀 조심하면 되지 뭐...'라고 나에게 말했던 사람도 있다. 하지만 세 살 버릇이 여든까지 간다고 여태까지 그래왔었던 습관이 하루아침에 고쳐질 리가 있겠는가? 그 이야기는 계속 펴 오던 담배를 중요한 일이 있는 며칠 동안만 안 피우면서 일 처리를 하겠다는 이야기와 다를 바가 없다. 절대 불가능한 일이라고 본다. 오히려 일의 능률이 저하될 테니까.

　나를 포함한 단점 가득 한국인들이여, 술 좀 적당히 마시자! 한 검사님과 식사를 하며 들은 이야기인데, 우리나라만큼 치안이 좋은 나라가 없다고 한다. **밤새 술 마시고 혹시 집에 못 들어가고 길에 쓰러져 잠들어도 다음날 아무 일 없다는 듯이 출근할 수 있는 나라**라는 것이다. 이렇게 좋은 나라에서 살면서 이 좋은 환경을 잘 이용은 못할망정 오히려 망치고 있으니 이게 말이 되는 것인가? 서양 일부 국가에서는 복지가 너무 잘 되어 있어서 일을 하지 않고 평생 놀아도 충분히 생활이 가능하기에 자살률이 급증했었고 술·담배·아편 등 각종의 마약들이 판을 쳤다고 하는데, 과연 지금은 어떻게 처리되고 있나 잘 모르겠다.

　나를 포함한 단점 가득 한국인들이여! 우리나라에 고마워하는 마음을 눈 곱만큼이라도 가졌으면 한다. 중국과 같은 후진국에서는 당연히 위험한 일! 하지만 미국과 같은 선진국에서도 술 먹고 밤늦게 돌아다니는 것은 더욱 위험한 일! 잘못하면 총 맞는다! **좋은 환경에 있는데 오히려 상태 안 좋아지는 것은 그야말로 배은망덕한 일**이라고 생각한다.

8. 커닝쟁이 한국인

Andrew얼마 전, 서울대 의예과에서 학생들이 단체로 커닝을 하다가 적발되어 F학점을 받고 마무리 되는 사건이 터졌다. 상식적으로 서울대에서조차도 이러면 다른 학교들은 더 말할 필요도 없는 것 아닌가 하는 부정적인 생각마저도 든다. 하버드대학교 재미교포가 서울대학교에서 교환학생으로 있을 때 서로 숙제를 도와서, 또 나눠서 하고 심지어 어떤 학생들은 베껴서 내고 시험 때 커닝을 부탁하는 모습을 보고는 기겁을 했다는 뉴스를 기억하는가? 그 여학생 말로는 하버드에서 만약 이런 행위를 하려는 학생들이 있다면 그 학생은 100% 왕따가 된다고까지 말했다.

세 살 버릇 여든까지 간다고, 나를 포함한 우리 단점 가득 한국인들의 이 버릇은 외국에 나와서도 여전하다. 국내에서 저러는 것도 충분히 이슈가 되고 문제가 되지만, 국외에 나오신 분들도 국내에 계시는 분들과 크게 다르지 않고 마찬가지이다. 다른 나라에서는 잘 모르겠으나, 나는 내가 보고 느낀 중국에 계신 나를 포함한 단점 가득 한국인의 모습을 서술하려고 한다. 아! 물론 안 그러는 분들도 많이 계시다는 것을 우선 말씀 드리고 싶다.

우리 칭화대학교는 비록 중국에서 제 1위를 굳게 지키고 있는 중국 최고의 명문대학교이자 세계 명문대학교 중 하나이지만, **아무리 생각해도 학생들은 세계 명문이 아닌 것 같다.** 그 중에서도 나를 포함한 단점 가득한 한국학생들은 더더욱 아니다. 중국학생들도 시험을 볼 때 커닝을 한다. 적발되면 F학점을 받기도 하고 때로는 시험 감독하시는 분께서 봐주기도 하신다. 시험 감독하시는 분들은 이렇게 말한다. '그럴 만도 하지, 나도 저 나이때 얼마나 힘들었는데… 나도 이해한다!' 등등. 어떻게 보면 이것은 한국과 중국의 공통적인 문제라는 생각마저도 든다. 예전에는 칭화대학교 중국 학생들이라면 정말 최고의 학생들만을 모아두었다고 생각했는데, 사실은 아니었다. 상당수의 학생들이 '백'을 통해서, 아니면 그 외의 여러 가지 수단으로 입학을 한 경우도 있다고 들었고, 실제로 7년이라는 긴 시간 동안 함께 수업을 해보니 거짓이 아닌 사실이었다.

한국 학생들은 더 말할 필요도 없다. 오히려 브로커들이 합법인 양 판을 치고 돌아다닌다. 칭화대학교 무슨 학과에 입학하기 위해서 브로커에게 3000만 원을 현금으로 주었으나 브로커가 돈이 모자라는 바람에 실패하고 인민대학교에 입학을 시켜준 사건은 북경에서 아주 기절할 만한 사건이었고 그 시기에 북경에 있었던 한국인들 중에는 이 사건을 모르는 사람이 없었다. 게다가 이런 식으로 입학한 학생들이 대부분 중도에 퇴학을 당하고 마니, 그야말로 돈 낭비 시간 낭비… 그리고 이것보다 훨씬 더 중요한… **날이 갈수록 추락하는 우리 한국인의 이미지를 우리는 어떻게 회복할 것인가?** 이대로 계속 가면 절대 안 된다!

Ashley 우리 학교 바로 옆에 있는 북경대학교에는 예과반이라는 시스템을 운영하고 있어 그 예과반에 들어가서 수업을 빠지지 않고 어느 정도만 공부를 하며 따라만 간다면 북경대학교 본과에 별 무리없이 진학할 수 있습니다. 당연히 브로커를 통해 들어가는 학생들도 있지요. 중국에서 최고의 명문대학교라는 칭화대학교와 북경대학교에서도 이런 일들이 벌어지고 있고, 저는 그 모습들을 이전부터 보아왔고 지금도 계속 보고 있는데 이 어찌나 단점 가득한모습인지 모르겠습니다. 결국 지금은 중국 유학생들 전체의 이미지가 좋지 않은 것이 사실이고 솔직히 말하면 우리 중국 학생들은한국인을 대부분 다 싫어합니다. 수업 잘 안 나오고 지각 잘하고열심히 안하고, 평소에는 자기들끼리 놀다가 교수님이 숙제 내주면 그제야 웃으면서 우리 중국 학생들 찾고... 방학 하면 연락이완전 두절 되어 버리고... 그들은 모든 일들이 다 '중국어가 잘 안되니까'라는 이유로 커버될 수 있는 줄 압니다. 사실 절친하게 지내다가 그 애들이 학교를 잘리는 바람에 그 이후로 다시는 보지못한 친구들도 몇 명 있습니다. 참으로 안타까운 일입니다.

제 생각에 한국 유학생들은 여기에서 대학 졸업 후에 무슨 일을하려고 해도 다시 한 번 꼭 검증을 받아야만 할 것 같습니다. 사실중 학생들도 마찬가지이긴 합니다. 하지만 저는 개인적으로는 좋은 추세라고 생각합니다. 그래야만 실력이 있는 학생들은 전체적으로 이미지가 좋지 않은 이 중국 유학생 이미지 속에서 더욱 큰빛을 발할 수 있지 않을까요?

중국은 빈부격차가 매우 심한 나라입니다. 벤츠와 마차가 함께도로를 달려가는 경우 또한 심심치 않게 볼 수가 있는데, 벤츠는매연을 토해놓고 앞으로 씽 나아가고, 마차는 말똥을 거리에 남겨

놓은 채로 서서히 앞으로 나아갑니다. 칭화대학교 안에도 역시 두 가지 계급의 학생들을 볼 수가 있는데요, 결국은 상류층 아니면 하류층입니다. 중국에서는 무슨 이유인지는 잘 모르겠으나 정말로 중간계층의 사람들을 보기가 어려운 것 같습니다.

점유율이 가장 높은 하류층 학생들은 하루에 한국 돈 4000원으로 **모든 생활**을 해야 합니다. 이 금액은 식비·교재비·교통비 등 일상생활에 필요한 모든 비용을 총 포괄한 금액을 말하는데, 심지어 어떤 이들은 이것보다도 더 적은 비용으로 근근이 생활을 해 나갑니다. 하지만 돈이 적을수록 이들은 밖으로 나갈 수가 없기 때문에, 밖으로 나가면 돈을 쓸 수밖에 없으므로, 이러저러한 이유로 책을 많이 보게 되고, 책값도 없어서 빌려온 책인 경우 더욱 빨리 보고 돌려줘야 하기에 속도를 내어 빠른 시간 안에 그 책의 내용을 숙지해 버립니다. 어떻게 보면 이들은 비록 현재는 가난하고 못사나, 공부를 잘하고 좋은 성적을 얻어서 앞으로 더 잘 될 수 있는 기회가 많아지지 않을까 하는 기대감이 들므로 꼭 나쁜 일인 것 같지는 않습니다. 그렇습니다. 중국 고사성어에 '새옹지마'라는 말이 있듯이 지금 가난한 것이 꼭 나쁜 일만은 아닙니다. 부자 중국인들의 생활은 여러분들의 상상에 맡깁니다. 아마 한국 드라마에서 볼 수 있는 그런 생활들이 아닐까요?

저자가 여기서 말하고 싶은 핵심 내용은, '한국인 사이에서도 역시 격차가 매우 심해지고 있는 추세'라는 것입니다. 한국에서도 마찬가지이겠으나, 고저는 중국에서 있었던 일들을 여러분들께 말해보도록 하겠습니다. 때로는 중국에서 유능한 한국 학생은 중국 학생들이 커닝을 시도하는 대상이 되기도 합니다. 영어 중국어는 기본이고 일본어까지 능통하게 하는 학생도 있으며 졸업 후 미국 아이비리그로 바로 연결해서 진학하는 학생들도 있습니다. 본과 졸업 후 석·박사 출신들과 함께 같은 대우인 초봉 4000만 원에 국내 기업으로 바로 취직하여 가는 경우도 보았습니다. 그 기업은 조선업을 한다고 들었습니다. 그러므로 저는 아직도 한국에 미래가 있다고 생각합니다. 한국 기업과 여러 기관들은 **중국 어딘가에 묻혀있는 이 다이아몬드와 같은 귀한 인재들을 결코 다른 나라에 빼앗기는 일이 없었으면 합니다.** 이런 인재들은 중국 대기업과 국영기업에서도 탐내고 엄청난 대우로 모셔가려고 합니다. 중국 정부에서도 약간은 걱정하는 태도를 보이는데, 그 이유는 그들 몇 명을 통해 한국이 정말 중국을 뒤집을 수도 있기 때문입니다. 하지만 그들은 극소수이기 때문에, 그리고 대다수 한국인들의 모습을 보면 우리 중국인들은 실망하고 또 실망하게 되는 현실은 참으로 안타깝습니다.

다이아몬드와 같은 그들은 결코 커닝을 하지 않습니다. 왜냐하면 시험성적이 나빠도 그들은 그들의 실력에 자신이 있기 때문에 앞으로 자기가 무슨 일을 하든지 결코 막힘이 없을 것이라는 자신감이 있습니다. 나중에 회사에 입사를 하든 공무원 시험을 보든 대학원에 진학을 하든, 커닝을 하는 이 습관은 결국 꼬리에 꼬리를 물어 당신으로 하여금 위로 올라가지 못하도록 할 것이 분명합니다. 이 글을 읽으시는 분들 중 만약 커닝을 즐겨하는 단점 가득 한국인들이 있다면 나쁜 습관들을 버리고 다이아몬드로 변할 수 있게 오늘 한번 첫 걸음을 내딛어 보는 것은 어떨까요? 저는 비록 중국인이지만 이러한 다이아몬드가 될 수 있도록 한번 노력해 보아야겠네요.

9. 미녀에 미친 한국인

위에서 이미 언급했듯이 한국인들만큼 이렇게 심하게 외모를 중시하는 민족은 그다지 없는 것 같다. 물론 나이가 좀 든 분들은 그러지 않으실지도 모르고, 아예 그런 걸 따지지 않는 분도 꽤 많이 계시므로, 우선 이 분들에게 하는 말이 아니라는 것을 언급하고 이야기를 계속 하려 한다.

사실 어느 나라나 마찬가지이기는 하지만, 특히 한국 사회에서는 어렸을 때부터 외모가 멋지면 인정받고, 그렇지 못하면 무시받는 환경이 다른 나라에 비해 심했고, 그런 환경에서 모두들 함께 자라왔던 모양인지 어쩐지 정확한 이유에 대해서는 잘은 모르겠으나 **한국인들은 그야말로 '미녀에 미친 민족'이라 밀힐 수 있지 않을까 싶다.** 몇 년 전에 한국 모 지역에서 일어났었던 그 신기한 사건이 아직도 기억이 나는데 그 이야기는 다음과 같다.

한 여자 강도가 강탈행위를 하다가 경찰에 붙잡혀서 꽤 심한 형벌이 떨어졌던 모양이었는데, 그때 어떤 한 사람이 이 강도의 사진을 인터넷에 올렸고, 그 사진을 본 네티즌들은 '미녀 강도'라며 "세상에! 이런 아름다운 여인이 어떻게 강도짓을 했다는 말인가!"라는 둥 하루 만에 몇 천개의 댓글이 달렸다. 일부 네티즌들은 그 미녀 강도의 사진을 다른 인터넷 사이트에 올리고는 애도를 표했으며, "구속하지 말라"는 둥, "이런 미녀로 하여금 범죄를 저지르게 만든 한국 사회의 문제가 크다"는 둥, 정말 여러 가지 말들이 많았다. **참으로 추잡스럽다고 밖에 할 말이 없다.** 만약 그 미녀 강도의 얼굴이 그렇게 아름답지 않고 '추녀'였다고 가정을 해본다면 사람들의 반응은 과연 어땠을까? 아마 아무도 신경 쓰지 않았을 테고 관심조차도 갖지 않았을 것이고 그냥 자연스럽게 법대로 모든 일이 잘 처리 되었을 것이다. 내가 보도를 보지 못해 그 사건이 마지막에 어떻게 처리되었는지는 잘 모르겠으나, 어찌 이런 일이 일어날 수 있다는 말인가?

나를 포함한 단점 가득 한국인들은 그야말로 **미녀에 미친 자들**이다. 어찌 보면 그들 **인생의 가장 큰 목표 중 중요한 하나가 '미녀를 얻기 위해서'이거나 혹은 '미녀가 되기 위해서'이다.** 하지만 앞에서 언급했듯이 미美라는 기준은 굉장히 상대적인 것이기 때문에 아무리 외모가 아름다운, 심지어 고대의 '클레오파트라'라고 하더라도 매일 본다면 결국 어느 날은 아름다움을 느끼지 못하게 되고 만다. 그러면 또 다른 미녀를 찾는다는 말인데…. 아니, 사실 이것보다도 우리가 더 주목해야 하는 점은, **중요한 것은 외모가 아니라 그 사람의 내면의 세계가 어떠한가**라는 것이다. 많은 사람들이 입으로는 '알고 있다'라고 시인하고 있으나, 과연 이렇게 입으로 시인하는 것을 실천하고 있는 사람은 몇이나 될까? 사실 이렇게 외모를 밝히는 것은 나이가 어릴수록 많다고 하고, 나이가 많아짐에 따라 점점 없어져 가는 것도 사실이기는 하다. 하지만 내가 생각했을 때, 아직도 심각하다는 생각이 드는 것은 그저 나의 생각일 뿐일까? 만약 나의 생각일 뿐이라면, 나의 생각만 바꾸면 될 일이므로 그다지 심각하지 않은 문제라고 본다.

앞에서 언급했던 여러 가지의 이유도 있지만, '외모 지상주의'라는 사회풍토로 인하여 요즈음은 여러 가지 음란한 일들도 많이 일어나고 있다고 한다. 또한 자기 아내에 만족을 못하고 이리저리 헤매는 무리들도 적지 않다. 이렇게 계속 가다가는 결국 가정이 깨지게 되고 사회 전체가 흔들리게 되는 것은 아닐지… 참으로 심히 걱정이 된다. 도대체 미美라는 것은 무엇을 위한 것인가? 어떻게 보면 그저 자기만족은 아닐는지…. 매일 바라보는 아내가 이제는 질려버려서 지나가는 젊은 여자들의 모습에 계속 눈이 끌려 다니는 것일까? 그것이 남자의 본능이라고 할 수는 있겠으나, 그 본능을 당연시 여겨버리면 안 되는 것이 아닐까? 그러고 있는 본인도 실은 속으로 그러면 안 된다는 것을 알고 있지만, 알면서도 어쩔 수 없다고 그냥 체념해 버리는 것인가?

앞에서 언급했듯이 한국의 이혼율은 현재 세계 최고의 수준이라고 한다. 심지어 어느 지역에서는 3분의 1이 이혼을 한다고 한다. 이 말은 모두 한국인의 결혼 생활이 그다지 순탄치 않다는 말이다. 왜냐하면 3분의 1이 이혼을 했다는 말은 법적으로 등록을 한 경우를 말하는 것이고, 이혼을 할까 말까 망설이는 부부들을 포함하면 더 높은 수준에 다다를 것이며, 이미 별거를 하거나 불륜을 서로가 인정해버린 부부 같은 경우까지 포함한다면 한국인 중에 원만한 가정생활을 유지해 나가고 있는 가정은 과연 얼마나 될까? 정말 극소수일지도 모른다. 하지만 한국인들은 남 앞에서 가정에 문제가 있는 것으로 여겨지면 무시당할까 봐, 혹은 그 외의 불이익을 당할까 봐, 그냥 아무렇지도 않은 척하니, 그야말로 다들 '회칠한 무덤' 이라 말할 수 있을 것이다. 왜 '미녀' 라는 주제에 '가정' 이야기를 하냐고 묻고 싶은 사람들이 있을 텐데, 그 이유는 미녀를 얻기 위해 노력하는 남자든, 미녀가 되기 위해 노력하는 여자든, 결국은 '가정' 을 이루기 위해 노력을 하는 것이며, 또한 바람을 피우거나 불륜을 저지르는 경우 역시 '가정' 생활과 연관이 있기 때문이다.

'가화만사성' 이라는 말이 있다. 어쩌면 오늘날 한국 경제가 이렇게 어려워지고 여러 가지 문제들이 난리 법석을 떨고 있는 이 시점에서, 한번 곰곰이 생각해보면 이 **모든 문제들이 평안하지 않은 가정에서부터 비롯된 것은 아닐는지... 나는 심지어 이런 생각마저도 들었다.** 하지만 하나하나의 가정들이 그다지 튼튼하지 못해도 선진국으로서 잘 사는 몇몇 나라들의 모습을 보니, 꼭 그런 것만은 아닌 것 같다는 생각도 든다. 하지만 평안하지 않은 가정에 소속되어 있는 가족 구성원들에게 있어서 '인생의 진정한 행복이라는 것이 과연 존재할 수 있을까' 라는 질문은 참으로 의문 중의 의문이라 하겠다.

나를 포함한 단점 가득 한국인들은 반성해야 한다. 다른 나라도 마찬가지라고 말하는 사람도 있으나, 우리나라가 다른 나라를 앞질러 나가고 싶다면 다른 나라가 이루지 못한 것들을 먼저 이루어

나가야만 비로소 가능하지 않을까? 한국에서 고등학교를 다닐 때, '가정'이라는 교과목을 배웠는데, 그 교재에 '정상적인 평안한 가정 안에 소속되어 있어야만, 인간은 비로소 참된 행복을 맛볼 수 있다'라고 적혀 있던 문구가 아직도 기억이 난다. 내 자신이 먼저 그곳을 향해 한 걸음 내딛어 보고자 한다. 어차피 미녀를 얻거나 미녀가 되어 봤자 그 유통기한은 길어봐야 15년이다. 나는 더 유통기한이 긴 것을 찾아보도록 하겠다.

10. 한국인들은 학벌로 사람 판단하잖아요?

Andrew 한국 모모기업에서 회사의 중요한 일로 북경에 오셨을 때, 나는 영광스럽게도 그분들의 통역을 맡았다. 나는 회의 내용 통역 쪽을 담당했었고, 여행 일정이나 그 외의 잡다한 일은 한 조선족 가이드가 다 담당했다. 그런데 이때 한 가지 재미있는 일이 생겼는데, 그것은 **바로 그 조선족 가이드의 한 달 월급이 나의 3일치 일당과 맞먹었다는 것이다.** 그 가이드는 많아 봐야 한 달에 한국 돈 30만 원을 넘길 수가 없는데, 나는 하루에 120달러(11만 5000원 정도)씩 받았으니 비슷하거나, 어쩌면 내가 더 많을 수도 있다는 것이다. 나는 회의를 할 때만 통역을 하면 되는 것이고 그 이외에는 그 분들이 물어보는 것에 잘 대답해 드리고 잘 안내만 해 드리면 되기에 그 조선족 가이드를 가까이에서 잘 관찰할 수 있는 여유가 있었다. 여기서부터 그 재미있는 일이 벌어졌다!

헤어스타일은 한국 드라마에서 자주 나오는 그런 스타일에, 머리부터 발끝까지 다 짝퉁 명품으로 무장하고 있었던 그 가이드.... 정말 웃음을 참느라 많이 혼났다. 지금 생각해도 그의 모습은 너무 웃겼다. 우리 둘은 대화를 할 때 중국어로 했기에 그로 인해 더 빨리 친해질 수 있었고 우리는 서로에게 비로소 쉽게 마음을 열 수 있었다.

"정말 멋지시네요, 전부 다 명품이잖아요?"

"하하... 그냥 그렇죠 뭐...."

"그런데 이렇게 입고 나오시면 불편하지는 않으세요? 그냥 편안하게 운동화에 청바지에 셔츠 하나 입고 나오시면 더 편하실 것 같은데요? 하루 종일 걸으셔야 할 텐데 말이에요."

"아니요, 이미 습관이 되어서 괜찮습니다."

그 가이드는 비록 불편하지만 그래도 한국인들에게 잘 보이기 위해서 열심히 노력하려는 모습을 얼핏 보였다. 가짜든 진짜든 언제나 깔끔하게 정장 차림을 하고 있는 사람을 누가 싫다 마다하겠는가?

차를 타고 이동하던 중이었다. 한국 기업에서 오신 한 분이 나에게 어디에 사냐고 물어보았고 나는 "학교 기숙사에 살고 있다"고 대답했다. 기숙사 가격이 얼마냐고 물어보셔서 한국 돈으로 한 달에 25만 원 가까이 된다고 대답해 드렸다. 그러자 갑자기 그 가이드가 하는 말이 내 뒤통수를 꽝! 때렸다. "참 싸네요. 다른 학교는 40만 원 정도는 될 텐데 말이지요"라는 것이다. 나 참... 본인 월급보다 훨씬 많은 금액을 어떻게 이렇게 쉽게 말할 수 있단 말인가?

"아, 그러면 지금 본인은 어디 사시나요?"

"아! 저는 화칭에 살고 있습니다."

"화칭? 어... 거기 정말 비싸지 않아요? 2인 1실인가요?"

"예, 제 아내와 함께 살고 있습니다."

"2인 1실이면 현재 한 달에 70만 원 정도는 될 텐데 너무 비싸지 않아요?"

나는 이렇게 질문을 하다가 하마터면 '너 두 달치 월급 이상인데 말이 돼?'라고 말할 뻔했다.

"음… 예전에 쌀 때 들어와서 지금 그렇게 비싸지는 않아요."

"아, 그렇군요."

이 가이드가 거짓말을 한다는 것을 나는 느낄 수 있었다. 분명히 다른 곳에 살거나, 진짜로 화칭에 산다면 최소 2인 1실에 6명이상은 살아야 그 돈을 감당할 수 있다는 것은 중국을 조금이라도 이해하고 있는 사람이라면 누구나 다 아는 사실이다. 솔직히 말하면 월급이 한국 돈 30만 원밖에 안 되는데 화칭에 산다는 것은 불가능한 일이다. 비유를 들자면 한국에서 150만 원 월급을 받으며 매일매일 열심히 일하는 어느 한 사람이 타워팰리스에 산다는 것과 같은 말이다. 타워팰리스에 살면 매일 8시간 이상씩 150만 원을 위해서 일할 필요가 과연 있을까? 그것도 바깥을 매일, 그리고 하루 종일 나돌아 다녀야 하는데… 완전 거짓말쟁이 조선족이었다고 말할 수 있겠다.

일을 어느 정도 마치고 식사를 할 때, 기업에서 오신 다른 한 분이 또 나에게 질문을 던지셨다.

"현재 법을 공부하고 계신다고 하셨죠?"

"예, 그렇습니다."

"어렵지는 않은가요? 나중에 유용하게 쓸 수는 있겠지요?"

"예, 저도 그것에 대해서는 잘 모르겠으나 지금은 그냥 열심히 하는 수밖에 없지요 뭐...."

갑자기 물어보지도 않았는데 가이드가 대뜸 말에 끼어들었다.

"칭화대 법대는 상법 쪽으로 알아주지요. 제가 대학교 다녔을 때 **왕리밍 교수님**이라고 민법 쪽 대가가 계셨었는데요."

다른 기업 직원 분께서 의아하다는 듯 가이드에게 물었다.

"아, 대학교 졸업하신 지 얼마나 되셨나요?"

"지금 3년 정도 되었습니다."

"한국어를 하실 줄 아니까 대학교 다닐 때 많은 도움이 되셨겠어요?"

"예. 저희 대학교에서 한국어 교양수업이 있어서 그거 들어서 점수 잘 얻었지요."

왕리밍 교수라면 인민대학교 법학과에 계시고, 인민대학교라면 우리나라로 따지면 연세대학교, 고려대학교의 수준이다. 참 이상하다는 생각이 들었다. 의심하는 것을 눈치를 챘는지 어쨌는지 가이드는 갑자기 불쑥 학생증을 꺼내서 나에게 내미는 것이다. 학생증을 이리저리 자세히 보니 **정말로 인민대학교 학생증이었다.** 그런데 아무리 생각해도 이 조선족 가이드는 믿으려야 믿을 수가 없다는 생각이 들었다.

하지만 진짜로 재미있는 일은 이때부터 벌어지기 시작했다. 이 조선족 가이드가 가짜 명품으로 무장을 하고, 헤어스타일은 한국 드라마의 남자 배우를 따라하고, 말하는 어투나 용어 역시 약간 어눌한 것을 빼고는 한국인과 별 차이가 없는 점에다 한국으로 따지면 연세대학교, 고려대학교 수준의 학교를 나왔다고 하니, 그때 부터 조금씩 분위기가 바뀌기 시작하는 것이다. 기업에서 오신 분들도 그때부터 서서히 가이드에게 술도 따라주면서 호의적인 태도를 보이기 시작하는 것이었다.

"그런데 가이드 일은 왜 하시는 거예요? 힘드시지는 않으세요?"

"아니요, 제가 좋아하는 일이라서요."

"그런데 그렇게 좋은 대학교 나왔으면 더 좋은 일 할 수 있는 거 아니예요?"

"그래도 자기가 좋아하는 일을 해야지 인생이 더 보람 있잖아요."

철저하게 어디에선가 외운 대사 같다는 느낌이 들었다. 아마 그 전에 맞이했던 한국인들에게 다 이렇게 말했을 테니, 말발이 날이 갈수록 능숙해지는 것 같다는 생각이 들었다. 비록 의심이 많이 들었지만 나는 '내 할 일만 잘하면 된다'고 생각하고, 일을 마치 자마자 바로 기숙사로 돌아왔다.

나중에 인민대학교에 재학 중인 친구에게 물어보니, 자기네 학교에 한국어 교양수업이 있는 줄은 몰랐다고 하고, 아는 형이 하는 말씀이 "그 정도 학생증은 얼마든지 위조할 수 있다"고 하며 위조한 북경대학교 학생증을 나에게 꺼내서 보여주는 것이었다. 그 형은 다른 학교에 재학 중 이었는데 **학생증을 위조한 이유는 사기 치려는 것이 아니고, 유적지나 관광지, 심지어 술집이나 음식점을 가더라도 칭화대나 북경대 학생증이 있으면 할인 혜택이 많다는 것이다.** 그래서 한국 돈 5000원을 들여서 그 가짜 학생증을 만들었고, 이름까지 바꾸어 기재한 것이었다. 순간 그 조선족을 향한 화가 치밀어 오르는 것을 느낄 수 있었고, 그 기업 분들에게 이메일을 드려 사실을 알려드렸다. 이런 사람은 또 어떤 식으로든지 거짓말을 할지도 모르니 앞으로 조심하시고 중국 사람들 함부로 신뢰하지 말아달라고 부탁 드렸다. 답장이 왔는데 **그 가이드에게 팁까지 주었다고 하니 정말 울화통이 터질 노릇이었다!**

중국에서는 가짜 학생증뿐만이 아니고 가짜 학위와 온갖 것들을 다 위조할 수 있다고 한다. HSK 증서와 토익, 토플 증서까지 위조가 가능하다고 하니, 정말 중국에서 유학한 학생들을 회사에서 어떻게 믿을 수가 있겠는가? **각 회사마다 회사에서 자체 시험을 만들어서 엄격하게 테스트를 한 후에야 비로소 믿을 수 있을 것이다.**

하지만 이런 일은 어찌 보면 나를 포함한 단점 가득 한국인들이 다 자청한 일이다. 알고 보니 이런 위조증서를 사용하는 사람들은 대부분 다 한국인들이거나 한국인들을 상대로 일하는 사람들이라는 사실은 정말로 나를 더욱 경악하게 만들었다! 중국인들끼리 혹은 일본인이나 미국인, 그 외의 다른 나라 사람들에게는 이런 위조증서 장사가 도무지 되지를 않는다는 것이다.

내가 평소에 중국학생들처럼 별로 멋을 부리지 않고 다니는 경우가 많은데(최소한 깨끗이 잘 씻는다), 교회를 가거나 한국인 슈퍼 등 한국인들이 많이 있는 곳을 가면 나의 외모를 본 한국인들은 나를 보는 둥 마는 둥 한다. 그래서 나는 함부로 그들에게 말을 걸 수가 없다. 말을 걸면 별로 좋아하지 않을 것 같으니까.... 맘먹고 머리부터 발끝까지 싹 꾸미고 나가면 당연히 반응이 좋다. 하지만 공부하는 학생이 그럴 필요는 없을 테니 많은 사람들이 나를 중국인이라고 오해하는 경우가 너무나도 많다.

하지만 핵심은 여기에 있다. 내가 칭화대학교에서 7년째 수학 중이고 곧 박사과정에 올라간다는 사실을 알고 나면 그들은 금세 태도가 달라지고 만다. 180도 달라진다고 말해도 과언이 아니다. **도대체 나를 보는 건지 학벌을 보는 것인지 참으로 마음이 답답하며 그런 사람들이랑은 정말 상종도 하고 싶지 않은 것이 나의 마음**이다. 솔직히 말하면 나는 그다지 잘나지 않았다. 그냥 학벌만 높게 보일 뿐이다. 정말 잘난 사람들은 현재 전문직에 종사하고 계시는, 예를 들어 판사님, 검사님, 그리고 공무원 분들이나 회사와 학교에서 열심히 일하고 계시는 그런 멋진 분들이 아니 시려나? 이런 분들 역시 내가 방금 언급한 부분에 대해서는 어느 정도의 콤플렉스가 있다고 하시는데, 그것은 바로 자기가 **어떠한 직위에 있다는 사실을 알면 사람들은 자기 앞에서 다 똑같아진다는 것이다.** 어떤 직위인지 몰랐을 때는 과연 사람들이 어떻게 대했기에 콤플렉스까지도 생길 수가 있는 것일까? 학벌과 지위가 도대체 무엇이기에, 설마 학벌과 지위가 이 세상의 전부일 정도로 그렇게 중요하다는 말인가? 만약 그분의 도움이 필요한 특수한 상황에서 그 분 앞에서 정중하게 행동을 하고 잘 보이려고 노력한다면 그것은 이해할 수 있는 일이고 당연한 일이기는 하나, 왜 아무런 도움도 필요하지 않고, 좀 더 직접적으로 말하면 그 지위 높은 사람이 당신에게 줄 수 있는 이득이 전혀 없음에도 불구하고 그 분 앞에서는 꼼짝을 못하는 것이며, 반대로 **못나 보이는 사람들에게는 함부로** 대하거나 무시해버리는 것일까? **결국은** 이 모든 것이 다 **자기만족 때문**이 아닐는지.

나를 포함한 단점 가득 한국인들이여! 정말 정신 차려야 한다!

82   Andrew & Ashley's Story

사실은 못나 보이는 사람, 별거 없는 사람들이 당신을 도와주는 경우가 더 많다. 왜냐하면 잘난 사람들은 정말 자기 한 몸 추스르기도 힘들 정도로 많이 바쁘기 때문이다. 앞에서 말한 조선족 가이드처럼 한국인들을 상대로 하는 외국 사람들은 한국인들을 철저히 분석하여 자기의 이득만을 챙기려 하기 때문에 현재 온갖 한국인들이 좋아하는 것으로 자신을 무장하고 호시탐탐 기회를 노리고 있다. 이 글을 읽은 후에야 비로소 사실을 간파한 독자 분들이 계시다면 그나마 정말 다행이다. 그러나 우리는 아직도 기억해야 할 것들이 참으로 많다. 내가 이곳에 서술하지 않은 더 많은 무리들이 호시탐탐 우리나라를 노리고 있다는 것, 그리고 어떻게 하면 우리를 통해 자기들의 이득을 추구할 수 있을지에 대해 밤낮 열심히 연구하고 있다는 것은 말할 필요도 없는 누구나 다 아는 사실이다. 우리는 최소한 지금의 우리나라와 예전에 많이 고생하셨던 우리 조상들에게 감사하며 더욱 분발하여 열심히 살아가야 마땅하다. 한국은 그나마 선진국이고 잘 살지 않는가? 최소한 아시아 삼용三龍 중 하나이지 않은가?

11. TV드라마와 현실을 분리하라!

Ashley 한국은 TV드라마의 선진국이고, 한국 드라마는 세계 어느 나라를 가도 사람들에게 호감을 얻기에 충분합니다. 실제로 중국에서는 한국 드라마가 많은 중국인들로 하여금 코리안 드림과 '한국은 천국일 것이다!' 라는 막연한 상상을 가지도록 만들었고, 그로 인해 한국인들이 중국에서 지내는 데 더 편리한 점도 많이 있게 되었습니다. 하지만 문제는 이곳에 계신 한국 분들께서 때로는 좋은 모습을 보여주지 못하셨기 때문에 그 '약효'가 오래가지 못하였고, 많은 외국 사람들은 처음에는 한국인을 좋아했다가도 결국에는 실망하고 뒤돌아서 버리는 경우를 저는 옆에서 많이 보아왔습니다.

한국 드라마 세 편 쯤은 빠삭하게 알고 있고 심지어 내용을 전부 달달 외우고 있는 사람들이 바로 중국 사람들입니다. 또한 한국인들 역시 한국 드라마의 위력에서 벗어나지 못하고 아옹 거리고 있는 것이 오늘날의 현실이기도 합니다.

제 주위에서 실제로 일어난 이야기를 예로 들고자 합니다. 저희 칭화대학교의 어느 교수님의 일화입니다. 30대 후반이 되기까지 결혼도 못한 노처녀로서 하루 종일 책만 보고 연구만 한 끝에 그 연구실적을 인정받아 강사를 하지 않고 바로 칭화대학교의 '부교수'로 초빙되신 여 교수님이 한 분 계십니다. 예전에 계셨던 곳이 그다지 발달되지 않은 시골인 데다가 전에는 시간이 없었기 때문에 부교수가 된 후에야 비로소 예전에 전혀 하지 못했던 '문화생활'을 즐기기 시작했고, 다른 중국인들과 같이 '한국 드라마 보기' 역시 실천하시던 도중 **그만 완전히 한국 드라마에 빠져버리셨습니다.**

하필이면 이 타이밍에 중국어도 거의 할 줄 모르는 한국에서 그다지 알아주지 않는 대학교를 졸업한 한 한국 남학생이 찾아와서 교수님의 제자가 되고 싶다며 칭화대학교 석사생의 문을 두드렸다는데, 정말 이 학생은 운이 좋아도 너무 좋았었다고 생각합니다. 왜냐하면 저희들이 석사를 올라가는 것은 그야말로 '하늘의 별 따기'이거든요. 어쨌든 그 학생은 "앞으로 정말 열심히 하겠다"며, "중국어는 비록 잘 못하지만 지금 계속 학원을 다니며 열심히 하고 있으니 앞으로는 문제가 없을 것"이라며 되지도 않는 중국어로 더듬더듬 교수님을 설득했다고 합니다. 공부만 잘하고 세상물정 전혀 모르는 순진한 교수님은 이 학생이 앞으로 열심히 할 줄 믿고, 자기가 열심히 공부하며 피땀 흘렸던 시절을 떠올리며, 게다가 한국 드라마에 혹해 있어서 한국인에 대한 이미지가 좋았던 터라 받아들여서는 안 될 한국인 한 명을 받아들여버립니다. 당연히 돈을 받았거나 비리는 전혀 없었고, 프라이버시가 있기 때문에 어느 과라고 이야기는 못하겠지만 아마 그 과에 다니시는 분들은 다 아실 것입니다.

재미있는 것은 입학 후에 그 사람과 함께 공통 교양과목을 들은 학생들은 그 사람이 중국어를 거의 알아듣지도 또 말하지도 못하는 모습을 보고 '저 사람은 석사생이 아니고 진수생일 것'이라고 추측했으나, **그 사람이 술을 잘 마시고 또 잘 사주는 바람에 다들 금방 친해졌다고 합니다.** 이 점은 제가 생각했을 때 술의 장점이 아닌가 싶네요. 하지만 술의 단점이 또 바로 출현했으니! 그것은 바로 이 사람이 술 마시고 못 일어나는 바람에 아침수업을 거의 나오지 않기 시작했기 때문입니다. 처음에는 안 빠지고 제 시간에 잘 나와 앞자리에 앉아서 열심히 듣던 학생이 갑자기 안 보이니 그 과목을 담당한 교수님은 의아해하며 "이 학생, 이 수업 맘에 안 들어서 빼버린 거 아냐?"라고 물어본 날도 있었다니.... 게다가 꼭 그런 날이면 수업 끝나기 30분 전에 허덕거리며 교실 문을 열고 들어왔다는 그 학생... 지금은 어디서 무엇을 하고 있을까?

그나저나 듣자 하니, 그 학생을 받아준 그 교수님은 그 이후로 한국인이 석사 시험을 본 경우에는 상당히 엄격하고 까다롭게 하기 시작하셨으며, 어지간히 성적이 잘 나오지 않는 경우 외에는 잘 받지 않으려 한다는 것이며, 본과에 재학 중인 한국 학생들에게도 점수를 짜게 주기로 소문난 교수가 되어 버렸다고 합니다.

저는 이런 단점 가득한 모습을 보이고 있는 한국 분들에게 강조해드리고 싶습니다. **순진한 중국인, 순진한 외국 사람들이 드라마를 통한 막연한 이미지나 그 외의 여러 가지의 이유로 한국인들을 좋아하고, 또 잘해줄 때, 정말 잘해야 한다는 사실을요.** 그렇지 않으면 그 대가는 갑절이 되어 어느 순간 그 사람들이 한국인을 다시는 상종하지 않을 수도 있기 때문입니다. 왜 좋아하는 사람을 나중에 싫어하고 증오하게 되는 경우가 많은가요? 그것은 그 사람을 좋아했으나 무슨 특정한 일이 발생해서 그로 인해 실망하게 되고, 사람은 이 경우에 좋아하는 마음이 증오로 바뀌기가 가장 쉽다고 합니다. 게다가 인간이라면 누구나 이런 근성이 있으니 **만약 '중국인 한 명이 한국에서 술 먹고 깽판을 치는 사건이 벌어지면 한국인들은 중국 사람 전체를 욕하게 될 것'이며, 이것은 중국에서도 마찬가지일 것입니다.**

그러므로 저는 한국인들의 이런 단점 가득한 모습을 하루 빨리 벗어버리지 않으면 안 된다고 생각합니다. 석사를 저런 식으로 입학하시는 분들도 계시니, 한국 측에서는 중국 대학 출신들을 정말 엄격하게 심사하지 않으면 뒤통수를 맞을 수도 있지 않을까 하는 우려도 생기며, '중국 유학생들이 또 손해 보는구나'라는 안타까운 마음도 듭니다. 양심적으로, 그런 식으로 우리 칭화대학교에 입학을 했다면 정말 은혜를 입었다는 마음으로 죽어라 열심히 해도 모자라는 판국인데 오히려 제대로 입학한 학생들보다 공부를 더 안 한다는 사실은 정말 더욱 단점 가득하다고 생각합니다.

정말 우리 중국인들이 칭화대 입학하려면 얼마나 공부해야 하는지 아세요? 도대체 드라마가 무엇이기에…. 듣자하니 **드라마 주인공 살려내라고 전화하고 난리를 치시는 분들도 간혹 있다고** 하니, 정말 할 말이 없습니다. 사실 저희 중국에서도 이런 일들이 꽤 일어납니다.

Andrew아시는 분들은 아주 자세히 아시겠지만, **한국 드라마에서 나오는 그런 생활을 할 수 있는 한국인들이 과연 얼마나 될까?** 생활 수준이 한국보다 더 떨어지는 중국인에게는 더욱 불가능한 일일 것이다. 내 개인적인 추측으로는 한국 상위 10%, 중국 상위 20% 안에 들지 못하면 드라마와 같은 생활을 영위할 수는 없을 것이다. 한국 국민 5000만 명 중에서 10%밖에 드라마와 같은 생활을 할 수 없다는 말은 곧 4500만 명은 그 생활이 불가능하다는 말이다. 겨우 500만 명의 한국인들만 그 생활이 가능하다는 말이다. 중국에서의 20%라면 13억의 인구이므로 10억 4000만 명은 그 생활이 불가능하다는 말이다. 그런데 재미있는 일은 한국 드라마를 본 대부분의 사람들이 다 그 생활을 원하며 꿈꾸며 살아간다는 것이다. 말로는 '에이, 드라마니까 뭐…' 라고 하면서 꿈을 버리지 못하고 있는 사람이 혹시 당신은 아닌지? 결국 그 말은 한국에서는 그 10% 안에 들어가고자 분투하는 것이고 중국에서는 이 20% 안에 들어가고자 온 평생을 다해 온갖 노력을 다 한다는 것인데, 상위권 생활수준을 누릴 수 있는 사람들의 퍼센티지가 늘어날 리는 없을 테고, **결국은 누군가가 그 테두리 안에서 빠져 나와야지만 비로소 그 꿈을 지닌 누군가가 그 안에 비집고 들어갈 수 있게 된다는 말이다.**

남자가 여자에게 기대어 사는 것은 남자 본성에 용납이 되지 않는 일이기에 대부분의 남자들은 무언가를 죽어라 열심히 하지만 (듣자하니 그렇지 않은 남자들도 있다고 한다), 여자 입장에서는 또 다르다. **여자들은 자기가 죽어라 노력을 하는 것보다, 능력 있는 남자를 만나는 것이 성공의 척도라 여기기 때문에 그들은 남자**

들이 원하는 모든 것으로 온갖 무장을 시도한다. 어느 나라나 있는 일이기 때문에 자연스러운 일이라고 생각하나, 요즘은 능력 있는 여자들도 많아지는 추세이기 때문에 모든 여자를 대상으로 이렇게 말을 한다면 나는 분명 '엄청난 욕'을 먹게 될 것이다. 어쨌든 열심히 사시는 여성분들을 제외한 그렇지 않은 단점 가득한 여성분들을 향해 나는 이렇게 말하고 싶다. '나를 포함한 단점 가득 한국인들이여, 정신 차리라! 태어났을 때부터 결혼 전까지는 부모의 녹을 먹고 자라왔는데, 이제는 남자의 녹을 먹고 남은 인생을 영위하려고 하는가?' 게다가 부모의 은혜에 보답하기 위해 자기가 노력한 것으로 하려기보다는 남자의 녹을 부모님께 돌리려 하다니 이 어찌 추한 모습인가!

드라마와 같은 생활을 영위할 수 있는 사람들은 극히 일부분이다. **대부분의 한국 여자들이 그렇게 애 써서 찾는 '돈 있고 능력 많은 남자들' 도 극히 일부분일 뿐이다.** 위에서 언급했던 '한국의 가정들이 그다지 건강하지 않은 이유'가 또 여기에 있지 않나 싶기도 하다. 너무 상대방에 대한 요구가 높다. 상대방의 필요를 자기가 채워주려고 노력하지는 않고 상대방이 자기의 필요만 채워주기를 바란다. 특히 어떤 여자들은 이렇게 말한다. '여자니까 당연한 것이다'라고… 하지만 **우리나라만큼 여자들이 남자들에게 매달리는 경우는 세계 어느 선진 국가를 봐도 없다.** 여자들이 아무리 노력해도 중요 직책들을 거의 다 남자에게 맡겨 버리는 **우리나라 시스템이 문제**이긴 하나, 그 시스템을 바꾸려면 우리나라 여성분들이 사상과 마음과 태도를 바꾸어야 하지 않을까 싶다. 물론 다시 말하지만 그렇지 않은 여성분들도 많이 있다. 그래서 나는 말하고 싶은 것이다. 그 여성들을 보고 좀 배우라고, 그리고 정신 좀 차리라고!

　참으로 희한한 일이지만 우리나라보다 후진국인 중국에서는 노는 여자를 정말 찾기가 힘들다. 남녀평등이라는 이념의 실천 때문인지 남자와 여자의 역할이 따로 구분되어 있는 경우가 거의 없다. 중국 남자들은 집안일을 잘하기로 유명하다. 물론 일도 정말 열심히 한다(잘하는 건 모르겠다만…). 그렇기 때문에 대부분의 중국 여자들은 정말 근면성실하며 남자들에게 그다지 기대려 하지 않는다. 최소한 자기가 먹을 것은 자기가 챙기겠다는 태도를 가지고 있다. 물론 그렇지 않는 부류도 있으나 일부일 뿐이다. 그런데 최근 한국 드라마가 유행하는 바람에 중국 여자들조차도 드라마와 같은 생활을 꿈꾼다는 소식을 들으면 이 어찌 안타까운 소식인지 모르겠다. 중국의 13억 인구 중 절반이 여자다. 남자가 움직이는 것은 당연한 일이나, 여자마저 남자처럼 움직인다면 중국은 정말 큰일 날 정도로 대단해질 것이다. 그렇기 때문에 한국 드라마로 인하여 중국 여자들이 게을러진다면 중국 입장에서는 큰일이지만, 우리나라 입장에서는 어쩌면 좋은 일 일수도 있다.

　거꾸로 우리나라 여자들이 남자들만큼, 아니 그에 가깝게 열심히 살려고 생각한다면 정말 우리나라는 크게 변할 수 있을 것이다. 5000만 인구에 2500만의 남자는 필수로 땀을 뻘뻘 흘리며 일을 해야 한다면 나머지 2500만 명의 여자들의 대다수가 태도를 조금이라도 바꾼다면… 자기 인생을 위해서가 아니라 그들의 남편 혹은 미래의 배우자를 위하여 조금 더 마음을 연다면 우리나라는 정말로 크게 변할 수 있을 것이다. 실제로 내가 본 대부분의 한국 여자분들의 모습은, 남편의 마음에 혹은 미래의 남편의 마음에 들기 위한 쪽의 노력으로 치우쳐져 있을 뿐이지 남자와 같은 넓은 시야를 가지려고 노력하고 있지 않는 것 같다.

나를 포함한 이런 단점 가득 한국인들에게 말하고 싶다. 결혼 전까지 부모의 녹으로 먹고 살았던 것은 어쩔 수 없다고 쳐도, 결혼 후까지 남편의 녹으로 먹고 살 생각은 일찌감치 버리라! 그리고 깨어나라! 세계는 넓고 한국은 너무 좁다. 여성의 역할이 너무나도 중요한 국제화 시대에 우리는 살아가고 있다. **우리 대한민국의 미래가 여성분들의 손에 달려있다고 말할 수가 있는데, 조금의 과장도 섞이지 않은 정말 중요한 말이다**

12. 마린과 메딕과 같은 한국인

　마린과 메딕을 아는 사람이 많은지 모르겠다. 스타크래프트라는 게임에서 마린은 총을 쏘아서 적을 공격하고 메딕은 상처 입은 마린을 치유하는 역할을 담당한다. 그래서 실제로 마린과 메딕이 똘똘 뭉쳐 있는 경우에 저글링이 아무리 많이 공격을 해와도 저글링만 죽어나지 마린과 메딕은 꿈쩍도 않는다. 질럿은 저글링보다는 강하지만 그래도 마찬가지로 똘똘 뭉쳐있는 마린과 메딕을 이기기에는 역시 무리가 있다.

　한국인들은 어찌 보면 참으로 마린과 메딕과 같다. 2002년 월드컵 때 한국의 모습을 상상해보면 알 수 있다. 그리고 이번 소고기 사태로 인한 촛불집회 역시 마찬가지이다. **마린들은 적이 다가오면 이유를 묻지 않고 무조건 총을 쏘고, 메딕은 마린이 상처를 입으면 역시 아무 지시 없이 그냥 자동적으로 마린을 치유한다.** 한국인들의 이 점은 정말 높이 살만한 가치가 있다. 외국에서 만약 길거리에서 모르는 한국인이 누군가에게 맞는 모습을 목격했다면 그 어떤 한국인도 그냥 지나치는 일이 없을 것이다. 최소한 경찰에 신고라도 해 줄 것이다. '당연한 거 아냐?' 라고 말할지 모르겠으나 중국인들은 이 방면에 있어서 정말 단점 가득할 정도로 아주 미약하다. **전화비가 아깝다 말하는 사람도 있을 정도**이니 할 말 다했다. 모여서 구경하기 좋아하나 남의 일에 상관을 하지 않는 것이 중국인들의 근성이다. 또한 자기가 이익을 볼 것 같으면 물 불 가리지 않고 달려드는 습성을 지닌 사람들도 중국인이 대표적이라 할 수 있겠다. 이에 비해 **한국인들은 자신의 이익과 상관없이 남의 일에 관심을 가져주고 챙겨주는 것을 무척이나 좋아한다.** 어떻게 보면 이로 인해서 남이 하는 말에 쉽게 흔들리고 그만 자신의 주관을 쉽게 잃어버리기도 하기는 하지만 말이다.

앞에서 언급했듯이 우리나라 국민들은 너무 언론에 흔들린다. 심각할 정도로 민감한 문제이며 너무 자기 주관이 없는 것이다. 나는 법을 배운 사람으로서 근거가 없는 것에는 마음을 주지 않으려고 매우 노력한다. '고등학교 과정에 법 기초 과목도 개설을 해야 하지 않을까' 하는 개인적인 생각도 든다. 어쨌든, **이 세상에는 함부로 믿을 만한 것이 거의 없다는 사실을 모두들 잘 기억했으면 한다.** 그리고 나를 포함한 단점 가득 한국인들이 40%를 넘는 지지율로 뽑은 대통령을 믿어주는 방법 외에는 지금 별다른 대책이 없다는 생각이 든다. 계속 이런 식으로 나가면 국제사회에서 우리들이 직접 우리들의 손으로 무덤을 파는 꼴이 되고 말 것이니 참으로 두려운 일이다! 현직 대통령이 서울시장 시절에 청계천 복구 프로젝트를 시행했는데, 복구 시 비록 욕을 엄청 먹었으나 완공 후에는 다들 칭찬하지 않았는가?

소크라테스는 '너 자신을 알라'고 했다. 정말 우리는 우리 자신을 잘 알아야 한다. 또 '진실만큼 거슬리는 것이 없다', '돌부처도 콤플렉스를 건드리면 돌아서고 만다'라는 말 등등. **좋은 인간관계를 위하여 보기 싫은 진실을 잘 가려주고 오직 칭찬만 해줄 줄 알고 언제나 웃음을 띠는 것만을 강조하는 풍토도 지나치면 오히려 독이 될 수 있다는 사실을 잘 기억해 주었으면 한다.** 솔직히 말해보면, 나와 상관없는 다른 사람이니까 그 사람에게 어떠한 문제가 보일 때 그냥 넘어가주고 포용해 주는 척하는 것일 뿐이지 않은가? 자기 자신의 배우자나 자식이 그런다면 어느 누가 그 독을 덮어주겠는가? 예를 들어 나를 포함한 단점 가득 한국인들은 여자가 담배를 피우면 "그래, 남녀평등이니까 뭐 어때? 나도 라이터 좀 줘, 너 참 성격이 쿨 하구나!"라고 말할 줄 알며 함께 즐거워 할 줄 알기는 하지만, 자신의 결혼상대나, 와이프 혹은 딸이 그런다면 한반도 전체에 지진이 날 정도로 큰 충격과 사건들이 벌어지지는 않으려나?

나는 우리 대한민국을 그 누구보다도 사랑한다. 그래서 바둑을 관람하는 사람이 그 게임의 흐름을 잘 읽을 수 있는 것처럼, 내가 한반도 바로 옆에서 읽은 대한민국의 흐름을 나를 포함한 단점 가득했던 한국인들에게 일깨워주고 싶을 뿐이다. 나 역시 이 글을 쓰며 많이 반성하였다. 아무쪼록 이제는 **스타크래프트의 마린처럼 누가 다가오기만 하면 함부로 총을 쏘는 일을 저질러서는 안될 것이다.** 하지만 메딕처럼 옆에 상처받은 사람이 있다면 무조건 치료를 해주는 것은 좋은 일이다. **우리 자신을 잘 아는 이상 우리**

한국인들은 더 이상 단점 가득 한국인이 아니며 하루하루 만점 가득 한국인이 되어 가고 있는 것이다. 아시아 삼용三龍 중 최고가 되는 대한민국을 기대하며! 대한민국 파이팅!

13. 겸손해야 마땅한 한국

Andrew이 책을 읽는 독자 중에 6·25 전쟁을 겪은 분들이 있을지 모르겠다. 아마 거의 없지 않을까 하는 마음도 들기는 하지만, 그래도 나는 우리 자랑스러운 대한민국의 '겸손함'을 위하여 6·25전쟁 이야기를 살짝 꺼내보려 한다.

6·25전쟁을 중국에서는 '조선의 전쟁朝鮮戰爭'이라고 부른다. 현재 북한을 '북조선'이라 부르는 것을 보았을 때, 중국 입장에서는 6·25전쟁을 북한이 전쟁을 치르는 것으로 보았다는 것을 우리는 짐작하여 알 수가 있는데, 한국입장에서는 정말 짜증나는 일이다. 미군에 힘입어 승승장구하고 있었는데… 중국 군인들만 투입되지 않았어도 우리나라는 일찍이 통일이 되었을 것이다. 중국 군인들이 숫자로 밀고 들어오는 바람에 총알이 모자라고 이것저것 미처 충분히 예비하지 못했기에 결국 38선이 그어져 버렸고, 그 38선이 오늘날까지 오게 되고 만 것 아닌가!

6 · 25전쟁이 끝난 지 어느새 세월이 많이 지나버렸고 60년이라는 긴 세월이 그렇게 흘러 가 버렸다. 그때 한국의 모습을 목도한 분이 많지는 않겠지만, 사진을 통해서, 그리고 서적을 통해서 우리는 그때의 모습을 간접적으로나마 알 수가 있는데, **그때의 한국 전체의 모습은 얼마 전에 예상치 못했던 중국 사천 원촨지역 지진 발생 당시의 모습과 닮았다.** 그 얼마나 참혹했었던 일인지 모르겠다. 나는 비록 졸업논문 작업 및 이 책의 작업 등의 여러 가지의 핑계로 직접 사천지역을 가보지는 못했으나, 그 지진 발생 당시에 북경까지 여파가 미쳐왔기에 그나마 간접적으로나마 느낄 수가 있었다. 그리고 '전쟁 중의 느낌이라는 것이 이런 것이구나'라고 어느 정도는 느낄 수가 있었다.

당시 나는 칭화대학교 기숙사에 있었는데, 13층 위의 건물에서는 지진이 느껴졌고 컵에 담긴 물이 흔들리는 것을 볼 수가 있었다고 한다. 다행히도 칭화대 기숙사의 가장 높은 층수는 11층이었기에 그 곳에 있었던 학생들은 언론만 아니었더라면 아무 느낌 없이 평안한 생활을 계속할 수 있었으나, 뉴스에서 난리를 치는 바람에 그에 영향을 받아 그날 기숙사 앞에 운동장에는 학생들로 밤새 붐비는 결과를 초래하고야 말았다

Ashley 저희 중국인 기숙사는 7층이 최고 층이었기에 지진을 느꼈다고 말하는 학생들은 없었습니다. 하지만 언론에서 워낙 과장을 했기 때문에, 우리는 그날 밤에 기숙사로 돌아갈 엄두를 내지 못했고, 결국 대부분의 학생들이 운동장에서 밤을 지새우고 말았지요. 심지어 어느 신문에서는 '오늘 밤 여진이 올 것이다'라고 말을 해서 저희들로 하여금 더욱 공포에 시달리게 했지요. 하지만 다행히도 북경에서는 아무 일도 일어나지 않았고, 단지 사천 쪽에서 계속 끊임없는 여진이 일어났다고 합니다. 지진 덕분에 당시 슈퍼에는 라면 등의 식사대체 식품이 바닥날 정도로 많이 팔렸고요, 한국에 빨리 가야겠다는 유학생들도 많았습니다. 하지만 워낙 공부에 지쳐 있었던 일부 칭화대생들은 운동장에 누워서 '이렇게 그냥 이번 학기가 끝났으면 좋겠다'라며 오히려 좋아하는 모습을 보이기도 했습니다.

지진 발생 후 중국 전역에서는 사천 쪽으로 엄청난 구원과 구조의 손길을 뻗어왔는데 그 중 한국 정부와 기업 및 여러 한국 단체들의 도움 또한 매우 컸습니다. 그래서 저는 한 명의 중국 사람으로서 이 자리에서 한국의 그 따뜻한 손길에 감사를 표하고자 합니다. 한국에 진심으로 감사를 드립니다.

중국 학생들도 난리였었지만, 한국 학생들은 더욱 난리였다. 하지만 중국 학생들은 어떻게든지 한몫 돕고자 하는 마음이 강했음에 비해, 한국 학생들은 우선 우리나라 일이 아니라는 생각 때문인지 어쩐지 자기 몸 하나 추스르기에 더 바빴던 것 같은 인상을 심어주고야 말았다. 하지만 많은 한국 학생들 역시 지진지역 피해를 돕기 위해 학교 별, 과 별로 일정한 액수의 돈을 사천지역으로 보냈으니, 이 얼마나 자랑스러운 한국인의 모습인가! 중국 학생들 및 도움을 받으신 쪽에서도 우리 한국에 대해 상당히 감동을 받았다. 나는 한 명의 한국 학생으로서 정말로 한국이 자랑스러웠다.

하지만 사천 원촨지역을 언론매체를 통해 바라본 나의 마음 한 구석에는 남들과 다른 한 가지의 생각이 들었었는데, **그 생각은 바로 '겸손'이었다.** 지진이 발생하자마자 중국 주석과 총리는 바로 사건 발생지로 달려갔다. 그리고 그들을 위로하고 도와주고 또 격려해주었다. 그들의 그런 모습을 본 중국 전역은 제대로 감동하고야 말았다. 언제 중국 정부가 이렇게 겸손했나? 더군다나 이번 사건을 통해서 사람들이 생명의 소중함을 드디어 깨닫기 시작했는지 중국 각지에서는 헌혈운동이 활발히 진행되었다. 예전의 중국인들은 여러 가지 이유로 그다지 헌혈을 선호하지 않았으나 이때만큼은 모두들 앞다퉈 헌혈을 하는 것이었다. 정말 예전의 중국인들이라고는 전혀 볼 수 없는 선진적인 모습이었고, 온 세계를 감동시키기에 충분했다고 생각한다.

이 지진을 통해서 중국이 여러 가지로 역사의 전환점을 맞이하고 있다고 생각한다. 비록 극심한 피해이기는 하나, 지금의 중국은 예전처럼 그렇게 목이 뻣뻣하게 굳어있지 않다. 아주 '겸손'해진 것이다. **독자 여러분은 중국의 '당산 대지진'을 기억하는가?** 그 당시 당산 대지진을 겪은 사람은 '지옥 중에도 이런 지옥은 다시는 없을 것'이라며 대성통곡을 했다고 한다. 게다가 당시 중국은 아무런 선진적인 구조장비가 없었기에 그야말로 '삽질'만 열심히 했다는데 이 얼마나 비참하고도 비참한 일인지 모르겠다. **하지만 그 일이 있은 후 얼마 지나지 않아 중국에 기적과 같은 일이 일어났으니 바로 '개혁개방'이다!** 당산대지진을 겪은 중국은 얼마 지나지 않아 개혁개방을 하여 온 세계를 향해 드디어 그 좁은 마음을 연 것이다.

올림픽을 앞두고 있는 중국은 사천 원촨 지진을 통해 정말 겸손해졌다. 이번 대지진을 겪은 중국이 또 어떤 업그레이드를 보여줄지 전 세계는 기대하고 있고 또한 나도 기대하고 있다. **하지만 마음 한구석에서는 업그레이드 된 중국을 맞서야 하는 한국에 대한 걱정거리도 만만치 않다.** 역사를 보면 알 수 있듯이 중국이라는 나라의 근성은 자기가 좀 잘 살면 남을 짓밟기 쉽지 않을까 하는 우려도 생긴다. **중국이 발전하고 있는 이 시기에 우리나라가 정말로 잘 대처하지 않는다면 우리나라는 고대의 역사를 되풀이하게 될 수도 있는 것이므로 정말 주의해야 하고 또 노력해야만 할 것이다.**

중국에 대한 이야기가 굉장히 길어졌는데, 결국 나는 우리나라의 일을 거론하고자 앞의 이야기들을 쓴 것일 뿐이다. 6 · 25전쟁이 발생한 후의 우리나라 전역은 지진 발생 후 중국 사천의 원촨 지역과 별로 다를 바가 없었다. 그러나 기적에 기적이 일어나서 우리나라는 몇십 년이 지나지 않아 비약적인 발전을 하여 세계 선진국 대열에 진입을 하게 되었는데, 나는 여기에서 미국의 도움이 정말 컸다는 생각이 든다. 다시 말하면 당시 **'미국의 도움이 없었더라면 우리나라는 정말 큰일 날 뻔했다'** 라는 말이다. **또한 현재 미군이 한국에서 철수를 해 버린다면 우리나라에 절대적인 위기가 온다는 사실 역시 미국이 우리나라에 준 도움이 얼마나 큰지에 대한 결정적 증거라 할 수 있을 것이다.** 물론 미국 역시 자기 나라의 이익을 추구하는 과정에서 그리하였다고 할 수 있다. 하지만 우리는 정말 그로 인해서 나라의 역사를 바꿀 수 있었다. 온 한반도가 폐허인 상황에서 우리가 무엇을 할 수 있었겠는가? 일본이 우리나라를 도와줄 리 없고, 북한과는 방금 전쟁을 끝낸 상태에, 그렇다고 북한을 도와준 중국이 우리나라를 도와줄 리가 없고… **당시 우리나라는 왕따 중의 왕따였다고 볼 수 있을 것이다.** 당시 우리들의 조상들은 먹을 것조차 없었다. 그분들을 누군가가 먹여주고 입혀주어 우리가 지금 이 세상에 태어나서 잘 살 수 있게 된 것이다.

　나는 여기에서 홍콩의 예를 들고 싶다. 홍콩 사람들은 중국에서 가장 잘 사는 사람들이다. **홍콩이 이렇게 잘 살게 된 이유는 예전에 영국의 식민지였기 때문이다.** 칭화대학교를 입학할 때, 홍콩 학생들은 유학생 신분으로 칭화대학교에 입학한다. 그러고는 중국 학생들의 학비를 내고 중국 학생들의 기숙사에서 생활한다. 참고로 중국 학생들의 학비는 1년에 한국 돈 80만 원 정도이며, 1년 기숙사비는 한국 돈 20만 원이다. 하지만 그들의 평균수입은 한국과 별 차이가 없으며 그들의 생활수준 역시 한국과 별 차이가 없다. **그야말로 특급 대우인 것이다!** 그렇기 때문에 홍콩 사람들이 칭화대학교 북경대학교를 입학하는 것은 그다지 어렵지 않은 일이며, 입학해서도 최고의 대우를 받으며 학교를 다니며, 생활에 여유가 있으므로 과 학생들도 좋아하고 잘 따르고 잘 도와준다. 더 쉽게 말하자면, **홍콩 학생들이 학교 재학 중 만약 맘에 드는 여학생이 있다면 정말로 너무나도 쉽게 꾈 수가 있다는 말이다.** 같은 중국학생이고 같은 학교 학생이고, 솔직히 말하면 실력도 안 되면서 명문대학생이라고 뻐기고 다닐 수 있는 것이기는 하지만…. 어쨌든 홍콩 사람들은 일반 중국 사람들에 비해서 정말 잘 살고 멋있게 살고, 실제로 멋있고, 매너도 있고 한국인과 비교하였을 때 별 차이가 안 나 보인다고 한다. 그러나 여기에서 아주 중요한 핵심이 있는데, 그것은 바로 **홍콩 사람들이 잘나서 잘 사는 것이 아니라, 단지 예전에 '영국에 지배를 당했었던 적이 있었다는 이유' 하나로 이렇게 대우를 받고 잘 산다는 사실이다.**

참으로 부끄러운 일이기는 하나, 우리나라는 '미국이 도와주었다는 이유'로 이렇게 잘 살고 있는 것이다. 당시 우리 조상들을 미국이 먹여주고 입혀주지 않았더라면, 과연 우리 조상들은 어떤 추한 모습으로 세상을 떠났을는지 모른다. 어쩌면 지금 북한의 평민들처럼 먹을 것이 없어 흙을 먹었을지도 모르는 일이며 지금 이 시대를 살아가고 있는 우리 한국인들은 또 어떤 모습일지 모르는 것이다.

지금 한국에서 아무리 돈을 못 벌어도, 무슨 일을 하여도, 노력만 한다면 한 가정을 기준으로 한 달에 200만 원은 벌 수가 있을 텐데 중국 북경에서는 한국 돈 90만 원만 벌어도 고 연봉이라 여기고 있다. 대졸 평균 임금이 30만 원이고 석사 졸업 이상은 많아

봐야 평균 50만~60만 원이다. 칭화대학교 북경대학교 학생이라고 해서 큰 차이도 없다. 한 한국 돈으로 10만 원 정도의 차이만 있을 뿐이다. 물론 일부의 엄청 잘 나가는 사람들도 있으나 그 분들은 그야말로 극소수일 뿐이다. 여기서 물가 문제를 걸고넘어지는 사람들이 있는데, 중국 북경의 물가는 한국과 별 차이가 없으며, 오히려 어떤 부분에 있어서는 우리나라 물가를 초과해 버린 지가 오래이다. 또한 물가가 싼 지역의 월급은 물가가 싼 만큼 더욱 싸다.

우리나라가 스트레스가 많고 살기 힘든 나라이기는 하나 바로 옆 동네인 북한과 중국을 비교해 보았을 때 정말 얼마나 잘 살고 있는지 모르겠다. 그에 비해 우리나라 사람들은 대한민국의 가치를 잘 모르고 살고 자부심 역시 그다지 없다는 생각이 들기에 이 어찌 안타까운 현실인지 모르겠다. 또한 지나간 역사를 다들 잊어버렸는지 어쨌는지 모르겠지만 그들(?)의 이익추구 과정에서 우리가 잘 살았든 어쨌든… 이유를 불문하고, 우리나라로 하여금 선진국 대열에 오르도록 도와준 자들의 은혜를 잊고 살아가고 있으니 그야말로 안타깝고 또 안타까운 일이 아닌가 싶다.

장사를 하는 사람들은 잘 알고 있을 테지만, 만약 어느 별 볼일 없는 상인 한 명이 다른 상인의 일을 도와주다가 자신의 이익이 점점 많아지고 잘 살게 된다면, 비록 본래 잘 살던 상인보다는 못 살아도 그 상인에게 감사하는 것이 당연한 일이거늘, 만약 그 상인보다 못산다고 하여 그 상인에게 함부로 대한다면 정말 할 말 다한 것이다. 사실 그 잘 사는 상인도 그 별 볼일 없는 상인의 도움이 필요했기에 그에게 일을 도와달라고 한 것이기는 하나, 그 별 볼일 없는 상인이 만약 그를 통하여 어느 정도의 부자가 되었다면, 이유야 어떻든 감사해야 하며, 만약 본래 잘 사는 그 상인을 원망하며 오히려 더 많은 것을 바란다면 정말 배은망덕한 일이 아닌가 싶다.

우리나라는 세계 선진국 대열에 오른 지가 이미 오래이다. 하지만 불과 그로부터 몇십 년 전에는 세계 경제 서열 거의 꼴찌였다고 한다. 거의 꼴찌였다는 말은 지금 북한의 경제수준보다 못했다는 말은 아닌지.... 그나저나 우리는 현재 이유 없이, 그리고 자격 없이 너무 목이 뻣뻣해져 있다. 그 목을 좀 느슨하게 풀어야 하지 않을까? **우리는 정말 겸손해야 한다.** 우리나라가 세계 경제대국 1순위가 될 수 있을까라는 질문에 모든 사람들은 '아니다' 라고 대답한다. 하지만 우리가 '겸손함' 만 유지할 수 있다면 못할 것이 무엇이 있겠는가. **1위가 못되면 1위와 함께 협력하면 되는 것이고, 2위가 못되면 2위와 협력하면 되는 것이다.** 그 과정에서 불이익을 받는 것은 어찌 보면 당연한 일이기는 하나, 그것은 상사가 밑에 있는 사람을 가끔은 불쾌하게 할 수밖에 없는 이치와 같다고 생각한다. 하지만 밑에 사람이 그 불쾌함을 참고 겸손함으로 나아간다면 분명 얻는 것이 더 많아질 것이다. 경제적인 원리로만 따져도 우리는 '권위에 순복' 할 줄 알아야 하며, 우리가 잘 살든 못 살든 반드시 겸손함을 가져야 한다.

현재 많은 한국인들이 자기의 삶에 만족하지 못하고 있으며 무언가 목표를 향해 열심히 전진해 나가고 있으나, 그 이유는 대부분 '남과의 비교' 에서 오는 것이며, 우리가 받고 있는 대부분의 스트레스 역시 '비교' 에서 오는 것이 분명하다. 우리는 인간으로

서 본능적으로 비교할 수밖에 없으나, 스트레스를 받는 일이 좋지 않다는 것은 누구나 다 아는 일이므로, 기왕에 비교하는 것 역시 더 효율적인 쪽으로 기울여 보는 것이 어떨까? 그 방법은 사실 누구나 알고 있고, 어느 곳에서나 쉽게 찾을 수가 있다. 심지어 옆에 있는 사람에게 물어봐도 그 답은 나올 것이나 단지 실천이 어려울 뿐이다. 나도 마찬가지이며 내 모습이 너무 단점 가득하다는 것을 이 자리를 통해 다시 한 번 느낀다.

역사를 잊어서는 안 된다. 우리 대한민국의 역사를 기억하자. 1950년 6월 25일 어떠한 일이 일어났는지를 결코 잊어서는 아니 될 것이다. 또한 자칫하면 역사는 되풀이될 수 있는 것이므로 단 한 순간도 소홀하지 않도록 노력해보자. 솔직히 말하면 나는 중국 도, 일본도, 북한도 모두 두렵다.

14. HSK 성적에 미친 한국인의 모습이란

Andrew **H**SK란 한어수평고시의 영어 약자로서, 현재 한국에서 가장 공인된 중국어 어학 능력시험을 가리킨다. 중국에서 정말 여러 가지의 단점 가득한 모습을 이 시험 때문에 드러내는 한국인들이 많이 있었으니, 지금부터 그 이야기를 소개하고자 한다.

세상에나… 한국인들만큼 이렇게 HSK에 목을 매는 민족이 또 있을까? 영어나 일어 등등, 다른 어학시험도 마찬가지이지만, HSK의 만점인 11급을 따 가는 한국인이라고 해서 반드시 중국어로 교류하는 데 문제가 없다고 말을 할 수가 없으니 참으로 답답할 노릇이다! 도대체 만점을 따가는 데도 기본적인 의사소통이 잘 안 된다면 이게 정말 말이 되는 것일까?

도대체 문제의 근본은 무엇일까? 다 알다시피, 대부분의 한국인들에게는 보편적으로 한 가지 노이로제가 있는데, 그것은 바로 외국어 학습에 있어서 독해, 어법 천재의 모습을 보여주는 것은 전 세계를 감동시키기에 충분하나, 회화에서는 어린아이 수준인 경우가 많다는 것이다. **외국어로 말을 잘 못하는 이유는 다름이 아닌, 말을 잘 안 하기 때문이다.** 아니 안 하려고 하기 때문이다.

외국어라는 것은 노래와 같다고 나는 생각한다. 대부분의 한국인에게 있어서 생계와 그다지 관련이 없는 노래를 잘 부르기 위해서, 많은 사람들이 그저 노래를 잘하기 위해서 학원도 다니고, 집에서 열심히 연습도 하고, 노래방을 습관처럼 다니는 경우가 많이 있는 반면에, 도대체 왜 생계와 직접적인 연관이 있는 외국어 학습에 있어서는 대부분의 한국인들이 이렇게 소극적일 수가 있는 **것일까?** 그렇지 않은 분들이 있다는 것을 너무나도 잘 알고 있으므로, 그 분들에게 하는 말이 아님을 여기에서 다시 한 번 말씀 드리고 이야기를 계속해 나가려 한다

Ashley Andrew의 친구에게 중국어 과외를 해준 적이 있었습니다. 여자아이였는데, 이상하게 저만 만나면 계속 쉬지 않고 웃는 한국학생이었습니다. 처음에 만났을 때는 그 학생이 계속 웃기에 '정말 인상이 좋은 학생'이라고 생각했으며 '나도 저렇게 살아야겠구나'라고 좋게 생각했는데, **이상하게도 만날 때마다 이유 없이 계속 웃기만 하니까 나중에는 오히려 이상하다는 생각이 들었습니다.** 그런데 신기한 것은 다른 한국인들과 이야기를 하고 그들을 대할 때는 별로 웃지 않는 그 학생… 한국어를 사용할 때는 저를 대하는 것과 전혀 다른 모습을 보여주었기에, 저는 정말 그 학생을 이해할 수가 없었습니다.

그 학생은 저와 함께 하는 과외시간 동안 독해나 단어해석, 그리고 그날의 숙제들을 처리하기에만 바빴습니다. 물론 회화를 위해서 분투하는 모습의 한국인도 많이 보았지만, 제가 가르쳤던 그 학생은 이상하게도 과외를 하는 3시간 동안 저로 하여금 계속 말을 하게 하였고, 본인은 그다지 말하기를 좋아하지 않는 듯 보였습니다. 간혹 과외 중에 전화가 오면 그 아이는 한국어로 너무나도 활발하게 전화를 걸어온 그 사람과 대화하고는 했는데, 제 입장에서는 참으로 답답한 일이었습니다.

그 학생에게 과외를 해준 지 꽤 오랜 시간이 지난 후, 그 학생은 저에게 "HSK 시험을 곧 보아야하니 이것 위주로 공부를 했으면 한다"며 공부 방식을 바꾸자고 말했습니다. 저는 선생님 입장에서 학생의 의견이므로 당연히 수긍했지요. 그 이후로부터 과외시간 내내 그 학생의 말은 거의 단 한마디도 들을 수가 없게 되었습니다. **그때부터 그 학생은 문제풀기에만 급급했기 때문입니다.** 재미있는 일은 해석도 제대로 못하고 어느 정도의 뜻만을 알고 그 문제를 알아맞히면 너무 기뻐하는 것이 그 학생의 모습이었다는 점입니다. 두 달 동안 열심히 공부한 끝에 그 학생은 8급이라는 성적을 얻을 수 있었고, 세상을 모두 다 가진 듯이 기뻐했지요. 그러면서 하는 말이 '이제 취직하는 데 문제 없겠다'고 말하더군요. 실제로 그 학생은 중국어 전공이 아니었던 이유 때문인지 좋은 회사에 잘 취직을 했다고 합니다.

이 일을 겪은 후 저는 깊은 생각에 잠기게 되었습니다. 과연 어학을 공부하는 목적이 무엇일까 하는 생각으로 고민스러웠습니다. 아무리 생각해도 저는 **어학의 가장 큰 목적은 알아듣고 자기의 의사를 표시하는 것이 가장 중요**하지 않을까 합니다.

그 학생은 비록 8급을 따서 좋은 회사에 취직을 했지만 9, 10, 11급은 어렵지 않을까 싶습니다. 그 시험은 말을 직접 녹음하여 제출해야 하고 작문시험을 또 보아야 하기 때문이지요. 한마디로 더 이상의 발전은 기대할 수가 없다는 말이지요. 허나 그것보다 더 안타까운 이유를 말하자면, 차라리 그 학생이 HSK 공부에 매달리지 않고 순수하게 중국어 실력 증진에 목적을 두었더라면 8급을 땄을 그 시기에 저와 중국어로 교류 하는 데 그다지 문제가 없지 않았을까 하는 생각이 들었기 때문입니다. 이 방향으로 열심히 했더라면 미래를 위해서나 회사에서 일을 하기 위해서나 여러 가지 방면에서 고려해 보았을 때 훨씬 더 생산적이지 않았을까요? 아니면 단지 제 생각일 뿐인가요'

Andrew 순수한 그 외국어 실력으로 당당하게 그 외국어 자격증을 따 간다면 정말 최고의 자격증이라 할 수 있겠으나, 현실에서 우리 한국인들은 대부분 온갖 수단과 방법을 가리지 않고 증서만을 따 가려고 노력하기에 정말 안타깝다는 말 밖에 더 이상 할 말이 없 다. 하긴, 이것은 우리의 문제가 아닌 한국 시스템 자체의 문제이 다. 그들이 이것을 원하니 우리는 그들이 원하는 것을 들어주는 것 말고 달리 방법이 있겠는가? 족집게 학원에서 찍어주기나 여 러 가지의 고도의 훈련으로 문제를 알아맞히는 것까지는 합법적 이라고 쳐도 중국에서는 현재 그것보다 더한 일들이 실제로 많이 일어나고 있으니 경악할 노릇이다.

나는 칭화대학교 본과를 입학하기 전에 HSK 9급이었는데, 학 원을 전혀 다니지 않고 순수한 나의 중국어 실력만으로 딴 급수였 다. 어떤 대단한 한국 학생들은 순수한 중국어 실력만으로 만점인 11급을 따기도 했으니 나는 그다지 대단한 것도 아니었다. 그 이후 에 순조롭게 본과를 졸업했고, 석사에 진학하여 지금은 박사 진학 이 바로 눈앞에 와 있다. 7년 정도를 중국 최고의 명문대학교인 칭 화대학교에서 열심히 공부해 왔던 나이다. 물론 주위에서는 나를 보고 HSK 11급 소유자라고 오해하여 말한다. 사실 나는 HSK 11 급을 따 보지 못하였다. 비록 본과를 졸업하기 전에 10급을 취득했 기는 하나, 내 중국어 실력은 정말 아무런 문제가 없다고 주위에서 종종 칭찬하고는 한다. 뉴스, 신문, 전공수업, 또 그에 잇따르는 토 론 등등, 이런 것들을 하기에 전혀 문제가 없는 중국어 실력을 가 지고 있는 나이지만, 나는 아직까지 11급을 따지 못하였다.

그런데 재미있는 사실은 나보다 중국어 능력이 월등히 떨어지는 한국 학생 중에 11급짜리를 몇 명 보았으니 그야말로 신기한 일이다! 그들에게 비결을 물었더니, 그것은 바로 '학원'이었다. 당연히 그들은 중국에서 HSK 11급을 취득하였다. 하지만 그들이 과연 한국에서도 똑같이 11급을 취득할 수 있을까? 문제가 조금 다른 분야로 나온다면 과연 어떻게 될까?

바로 그렇다. 중국에서는 이런 현실이 판을 치고 있다. 외국어 능력시험에서 좋은 점수를 따고 싶으면 반드시 최소 한국 돈 몇십만 원에서 몇백만 원까지를 투자하여 그와 연관된 학원을 다녀야만 한다. HSK는 회화와 작문 역시 시험을 보아야 하므로 **채점자의 주관적 요소**가 점수를 크게 좌우할 수 있다 볼 수 있는데, 이 이유 때문에 참으로 답답한 일들이 많이 벌어지고 있다. 한마디로 요약하자면 채점자들이나 그와 관련된 사람들이 강의하는 강의를 비싼 돈을 주고 듣는다면 시험결과는 아주 이상적일 것이다. 거기에서 풀어본 문제 중 시험에 실제로 나오는 문제가 제법 된다고 들었기 때문이다. 비록 나와 같이 중국어에는 정말 자신이 있으나, 아무런 물질도 투자하지 않고 그냥 시험을 보았다가는 어쩌면 11급을 받기가 하늘의 별 따기와 같을 수도 있다는 것이다.

아무런 근거 없이 내 생각으로만 예를 들고 싶다. 작문이나 회화 같은 주관적인 요소가 적용되는 분야의 시험에서 채점자는 어떤 학생에게 11급을 주고는 이렇게 말한다. "이 학생은 중국어 표현 능력에 전혀 문제가 없군요!" 아마 이 학생은 비싼 강의를 들었을 확률이 높다. 왜냐하면 중국어 표현만을 기준으로 삼았기 때문이다. 하지만 중국인과 차이가 없는 중국어 실력을 가진 몇몇의 한국 학생들이 그저 순수한 실력으로만 HSK에 참가를 했을 경우, 채점자들은 가능한 10급을 주려 하는데 그 이유는 "이 학생의 말은 앞뒤가 안 맞아요, 문맥이 매끄럽지 못해요" 등의 더 높은 기준을 갖다 댄다는 것이다. 또한 HSK 시험에 참석하는 한국 학생이 너무 많아서 누가 어떤 시험지를 채점했는지를 추궁하는 것 역시 매우 곤란한 일이고 그들의 사무실을 찾아가도 다들 고개만 돌릴 뿐이니 도대체 이게 무슨 일인지 모르겠다. 심지어 어떤 한국 학생은 이 일로 신고까지 했으나 역시 아무런 소득도 얻지 못했다고 한다.

결국 이 현실은 지금도 계속 진행되고 있으며, 현재 한국의 꽤 높은 위치라 말할 수 있는 회사들이나 그 외의 기관들에서는 "중국에서 본 시험을 전혀 인정하지 않겠다"라고 미리 엄포해 놓았다고 하니 정말 우리 유학생 입장에서는 답답한 노릇이다. 심지어 일정한 돈을 암암리에 지급하면 HSK 성적을 시험에 참가하지 않고도 받을 수가 있다고 하고, 심지어 인터넷에서 공인하는 곳에까지도 등록할 수도 있다는 소문이, 이곳 중국 북경 오도구에서는 한국인이라면 한번쯤은 들어봤다 하니, 이 어찌 심각하지 않은가? 아마 앞으로 중국에서 보는 시험들로 얻은 증서들은 한국에서 반드시 다시 한 번 검증을 거쳐야만 인정되지 않을까 싶다. 아니 이미 그렇게 진행되고 있다고 들었다.

한국같이 보안이 철저히 되어 있는 곳이라면 다들 어쩔 수 없어서 그런지, 뒷구멍으로 해결할 방법이 없어서 그런지 성적이 공평하게 나올 수밖에 없다고 들었다. 하지만 중국에서 보는 HSK 시험 및 TOEIC 시험 등등은 정말 믿으려야 믿을 수가 없다. 앞으로 우리는 어쩌면 반드시 한국에서 이런 종류의 시험을 참석해야만 비로소 인정받을 수 있는 그런 시대에 살게 되지는 않을지 걱정된다. 아니 이미 이런 시대가 시작되어 버렸다.

한국에서 TOEIC 만점자들 역시 영어교류 능력이 현저하게 떨어진다는 사실은 이미 누구나 다 알고 있으며, 그렇기에 현재 한국에서는 취직을 할 경우에 TOEIC 성적을 참고하여 보고 동시에 실제 영어능력을 따로 본다고 들었다. 어떤 이유인지 잘 모르겠으나, **이것은 우리가 반드시 고쳐야 할 정말로 잘못된 습관이라고 나는 생각한다.** 우리나라를 제외한 다른 나라에서 이런 일이 벌어진다는 사실은 들어본 적이 없다. **사실 중국에서 이런 여러 가지의 말도 안 되는 일들이 일어나는 이유는 사실 알고 보면 한국인들이 그것을 필요로 하기 때문이다.** 한국에서도 충분히 일어날 수 있는 일이기는 하나, 한국은 여러 가지로 질서가 잘 잡혀있는 나라이기에 그럴 리가 없다고 나는 확신한다. 이런 것들을 이용해서 돈 벌어 먹으려고 하는 중국에게 더 이상 넘어가지 않았으면 하는 간절한 바람이 있다. 한국은 시스템이 잘 갖추어져 있어 한국에서 보는 시험은 중국에서 보는 시험에 비하면 아주 공평하다고 볼 수 있겠으나, 왠지 모르게 마음 한구석에서는 한국에서 보는 시험 역시 그다지 만족스럽지가 못하다는 생각이 든다.

결국 시스템에 의존하는 것에는 한계가 있다. 바로 우리 한국인들의 중심이 변화되어야 마땅하다! 생계와 별로 상관없는 노래는 정말 열심히 불러서 잘 해보려고 하는 것이 대부분이 한국인이 모습인데, 도대체 왜 생계와 직접적으로 연관이 있고 또한 국제사회에서 우리나라 국민을 제대로 어필할 수 있는 결정적인 무기인 외국어 교류 능력에는 이렇게 다들 무관심할 수가 있는 것인가? **우리**

나라는 석유 한 방울 나지 않고 자원이 정말 많이 모자라는 나라이다. 반드시 바깥에서 무언가를 들여와야만 살아나갈 수 있는 그런 나라에서 외국어 교류 능력은 어찌 보면 '생명'과도 같은 것이다.

우리나라 시스템 자체에도 문제가 있는 것이 당연하기는 하나, 먼저 우리 하나하나의 중심이 변화되어야 한다. 노래 연습하는 것처럼 자신 있게 외국어 교류능력을 늘려나가기 위해 조금만 더 애쓰면 안 될까? 그저 많이 말하면 되는 것이다. 노래 가사 외우는 것처럼 문장을 통째로 외워버리고 자주 써먹으면 되는 것이다. 그리고 많이 들으면 되는 것이다. 일상생활 중에서 외국인을 많이 접할 수 없는 한국에서 한국인들끼리 영어로 몇 마디 더 하면 안 될까? 왜 대부분의 한국인들은 영어로 몇 마디 하거나 또 다른 외국어로 몇 마디 하면 '잘난 척한다', '버터 먹었냐'는 둥, 비꼬기만 좋아하고 재수 없어 하는 것일까? 사실 우리는 그렇게 해야만 살아남을 수 있는 입장인데 말이다. 참으로 답답한 노릇이다. 미국인들이 우리나라 사람들이 영어로 교류를 잘 못하기 때문에 그것을 가르치는 명목으로 1년 동안 얼마를 벌어 가는지 아는가? 그야말로 외화낭비의 근본 중 하나이다.

나 하나부터 우선 실천해 나가고자 한다. 앞으로는 누가 뭐라 말하든 상관하지 않고 자신 있게 부족한 외국어를 외치고 다니도록 해 보겠다! 그리고 귀로는 그 외국어를 계속 들으며 다니도록 해 보겠다. 그대가 이미 이것을 실천하고 있다면 그대는 그야말로 위대한 한국인이며 자랑스러운 한국인이다! 그대의 미래는 분명 태양과 같이 찬란하게 빛을 발하고 있을 것이디

15. 한국인은 욕쟁이

Ashley 저희 칭화대학교 한국 학생들이 남녀노소를 불문하고 입에 늘 붙이고 다니는 몇 마디의 말이 있는데 저도 하도 많이 들어버린 바람에 그만 외워버리고 말았습니다. '아이 씨!' '씨발!' 끝말잇기도 아니고, 정말 많은 한국인들이 이 말을 늘 입에 붙이고 살고, 한국 드라마에서도 많이 나왔기 때문에 '씨발!'은 저희 중국인들이 알고 있는 대표적인 한국 욕이 아닌가 싶습니다. 물론 안 그런 한국 분도 계시므로 그 분들에게는 우선 사과의 말씀을 드리고 싶습니다만, 제 생각에는 그러시는 분들이 더 많은 것 같습니다. 심지어 어떤 중국인들은 한국인들과 친해지고 싶어서 일부러 이 욕을 외워놓았다기 기회가 되면 씨먹기도 하는데, 재미있는 것은 그 때의 한국인들의 반응은 이렇습니다.

"오, 어디서 배웠어? 발음 좋은데?"

한국 드라마에서 배웠다고 한마디 덧붙이면 그 한국인은 더욱 그 중국인을 좋아하게 되어 버리더군요. 욕이라는 것은 어떻게 보면 '살다 보면 어쩔 수 없는 그런 것'이기도 하고 한 나라와 민족의 문화라고 할 수도 있으나, 한국인만큼 욕을 잘하는 사람들도 정말 드물다는 생각이 듭니다. 사실 한국 욕을 못 알아듣는 사람들도 분위기와 느낌으로 기분이 나빠지는 것은 마찬가지인데 말이지요.

도대체 한국인들이 왜 이렇게 욕을 많이 하는지에 대해서는 잘 모르겠으나, 한국인이 아닌 하나의 외국인으로서는 참으로 거북하고 찝찝한 느낌이 많이 듭니다. 정말로 꼭 욕을 써야만 할까요? 욕을 너무 자주하는 한국 학생들 때문에 수업할 때나 학교에서 무슨 활동이 있을 때 분위기가 어색해지는 경우가 많습니다. 한국 분들, 최소한 외국인들 앞에서는 욕을 좀 자제하시는 게 어떨까요? 한국 전체가 욕을 먹으면 어떻게 합니까…

Andrew & Ashley's Story

Andrew 같은 한국인이지만, 우리 한국인들의 '욕 문화'는 정말 세계 최고라는 생각이 든다. 비록 외국영화를 보다 보면 여러 가지의 외국 욕들을 심심찮게 접할 수 있는데, 그래도 실제로 그 외국 영화에 나오는 욕들을 외국인들이 사용하는 경우는 많지 않다고 보며, 최소한 우리나라 사람들만큼은 욕을 많이 하지 않는 것 같다. 도대체 어떤 이유에서 우리나라 사람들이 이렇게 욕을 많이 하게 되었는가 하는 질문에는 여러 가지 이유가 있겠지만 나는 다음과 같이 간략하게 말하고 이 파트는 그냥 넘어가고 싶다.

한국인들이 많이 쓰는 욕들 중에 'XX새끼'가 있는데, 때로는 심한 욕이 될 수도 있고, 하지만 때로는 애정표현이 될 수도 있다. 하지만 한국인들이 화가 나서 주체를 할 수 없을 때 습관처럼 나오는 욕 역시 'XX새끼'이다. 한국인들끼리 있을 때도 당연하며, 외국인들과 있을 때는 더욱 욕은 자제해야 마땅하다. 자칫하면 우리 대한민국의 교양 수준이 한 순간에 추락해 버릴 수도 있기 때문이다.

'새끼'라는 단어를 쓰는 말에 '놈'이라는 말만 써도 욕을 많이 줄일 수 있을 것이다. 놈이라는 말만 써도 그 말은 욕이 되지 않을 수도 있는 것이다. 게다가 **한국어 특성상 '년'이라는 말은 절대 써서는 안 된다.** 비록 예전에는 욕이 아니었으나, 현대사회에서는 심한 욕이며, 특히 여자가 들으면 몇 배로 심각해질 수가 있는 그런 위력을 가진 설대석인 욕이다.

내가 개인적으로 지켜보니, 단점 가득 한국인일수록 욕을 더 많이 사용하는 것 같다. 그런데 재미있는 것은 욕을 많이 하는 것은 그 사람의 교육수준과도 상당히 연관이 있다는 점이었는데, **한국**

만큼 교육에 많이 투자를 하는 나라는 온 세계를 둘러봐도 찾아보기 힘든 데도 도대체 무엇이 어떻게 돌아가는지를 나는 잘 모르겠다. 그래서 요새는 교육을 많이 받은 사람인데도 불구하고 욕이 유창하게 줄줄 나오는 모습을 옆에서 지켜보자면 도대체 교육이란 것이 무엇인가 하는 의문마저도 든다.

　욕을 즐겨 하는 단점 가득 한국인들은 이제라도 정신 차려야 한다. 국제화 사회에서 욕이라는 것은 정말 먹음직스럽게 놓인 케이크 위에 기어 다니고 있는 바퀴벌레와 같습니다

16. 돈밖에 모르는 한국인

Ashley **예**전에 한국에서 어떤 분이 '중국인의 피에는 돈이 흐른다' 라는 책을 쓰셨던 적이 있었습니다. 일리가 있는 말이기는 하지만, 왜 저는 중국에서 보아온 한국 분들을 바라보면 '한국인의 피에도 돈이 흐르는 것' 같을까요? 다 환경이 그렇게 만드는 것 같습니다. 예전에 한국에 가서 노동을 하여서 집에 돈을 보내는 생활을 하시던 중국 분들이 한국에서 너무 근검절약을 하고, 돈 한푼 한푼에 집착하는 모습을 많은 한국 분들에게 보였으니... 아니 오늘날도 그러고 있으니 한국 분들께서 그렇게 생각하실 만도 합니다. 반면에 중국에 와서 어렵게 생활하고 있는 한국 분도 계시고 여유가 있는 분도 계시기는 하나, 특히 외국인에게는 돈 관계가 칠저한 한국 분들의 모습을 많이 보아왔기에 저도 그렇게 생각할 만도 합니다. **한국 분들의 좋은 점은, 같은 한국인들끼리는 정말 잘 뭉친다는 것입니다.** 큰돈은 안 되더라도 어느 정도 작은 돈 정도는 그냥 잘 넘어가는 모습을 많이 보아왔습니다. 하지만 외국인에게는 지나칠 정도로 많이 조심하시는 모습 또한 많이 보았습니다. 특히 중국 사람들에게는 더 그러더군요. 그럴 만도 합니다. 왜냐하면 많은 중국인들이 한국 분들에게 좋은 모습을 보여주지 못했기 때문이지요. 안타깝지만 어쩔 수 없는 현실이며, 저부터 노력하는 수밖에 없다는 생각이 드네요.

어느 나라나 다 그런 것 같습니다. 한국에 '팔은 안으로 굽는다'라는 말이 있듯이 어느 나라나 다 자기 민족, 자기 나라 사람들에게는 조금 더 편안하게 대할 수 있는 그런 본능을 가지고 있는 것 같습니다. 아무튼 '중국인은 이렇다. 한국인은 이렇다' 라고 함부로 말할 수는 없는 것 같습니다. 중국인 중에도 그런 사람이 있고, 안 그런 사람도 있고, 한국인 중에서도 마찬가지이기 때문입니다. 아무쪼록 객관적으로 바라볼 줄 아는 눈을 가지는 것이 가장 중요하다는 마음이 들면서, 저 또한 한국인들을 더욱 객관적으로 보도록 노력해야겠다고 다짐했습니디

Andrew 예전의 중국인들은 돈을 밝히기로 유명했다. 한국에서 '중국의 왕서방'이라는 대명사에 대해서 아시는 분은 아시겠지만, 굉장히 근면하며 동시에 지나치게 절약을 했다기에 많은 한국인들을 감동(?)시켰다 한다. 하지만 자세히 살펴보면 알 수 있듯이, **단순히 '중국인'이기 때문에 그런 것이 아닌, 그들의 환경이 그들을 그렇게 만든 것일 뿐이다.** 거꾸로 말하면 '한국인'이어도 그들의 환경에 있다면 그렇게 될 수밖에 없을 것이라는 말이다. 아무튼 우리 눈에 비친 꽤 많은 중국인들이 그랬기에 우리 눈에 중국인은 그렇고 그런 이미지로 비추어졌던 게 아닌가 싶다.

하지만 중국에 있는 한국인들을 바라보는 중국인들의 시선 또한 이것저것 다 따져보면 그렇게 좋다고 보기는 어려우므로, 우리에게 가장 중요한 것은 언제나 중립을 지킬 줄 아는 그런 태도와 안목이 아닌가 싶다. 누구 한 사람이나 일부만 보고 전체를 판단하는 그런 아이와 같은 안목은 반드시 버려야 한다고 생각한다.

Ashley 참으로 재미있는 일입니다. 여기서는 이렇게 생각하고, 저기서는 이렇게 생각하고, 사람들은 각자 나름대로 서로 다르게 생각하며 이 세상을 살아가고 있습니다. 그런 것들이 충돌하며 때로는 갈등을 일으키기도, 때로는 재미있다고 느끼기도 하며 살아가는 것이 이 세상이고 사람의 인생이 아닌가 하는 생각이 듭니다. 하지만 **본인에 대한 다른 사람의 의견에 귀를 기울일 줄 아는 겸손함만 갖추고 산다면 정말 그 사람, 그 민족, 그 나라는 크게 될 수 있지 않을까 하는 마음이 듭니다.**

그 예로 일본을 들 수가 있겠는데, 일본은 예전에 많은 못된 짓을 했었지만 세계 경제 2위의 선진국입니다. 다른 나라의 의견에 귀를 기울일 줄 알았던 '불순한 목적을 가진 겸손한 나라'였기 때문이 아닌가 하는 마음이 듭니다. 그래서 많은 선진 문물들을 얍삽하다, 자존심 없다는 느낌이 들 정도로 급격히 받아들였고, 그것에 힘입어서 나쁜 짓을 많이 할 수 있었던 것이지요.

그에 비해 한국은 참으로 착한 나라입니다. 한국은 역사적으로 단 한 번도 다른 나라를 괴롭혔던 적이 없는 정말 선량한 나라입니다. 6 · 25전쟁 후 비약적으로 발전한 한국은 그야말로 기적의 나라입니다. **비록 일본보다 선진국 순위에 있어 후순위에 있다 한들, 일본에 비해서 나쁜 짓 해본 적 없는 한국을 우리 중국인들은 참으로 좋아합니다.** 때로는 중국에 있는 많은 한국 분들 때문에 갈등을 겪을 때도 많이 있기는 하지만, 우리 중국인들은 그래도 '일본이라는 나라를 언급하기만 하면 한국을 선호'하는 면이 있기 때문에 한국이 중국 시장에서 활동하기는 정말 편하다는 것은 누구나 다 아는 사실일 겁니다.

하지만 요즘은 '한국만큼 돈을 밝히는 나라도 없다'는 생각이 듭니다. 심지어는 모든 것의 목적이 '돈'으로 통일된 나라라는 생각까지도 듭니다. 그렇지 않은 한국인은 제외하고 글을 계속 쓰겠습니다. 사실 돈만큼 중요한 것이 이 세상에는 적겠지만, 저희 중국은 아직까지 한국만큼의 교육수준이 못되어서, 그리고 가난하여서 대부분의 우매한 사람들이 돈을 밝힌다 말할 수 있겠지만, 한국 교육 수준과 교육열은 세계의 그 어떤 나라도 따라올 수 없을 만큼의 대단한 수준임에도 불구하고 왜 이렇게 돈만을 추구하는지 이해할 수가 없습니다. 이미 한국의 생활수준은 중국에서 바라봤을 때 '완전한 선진국'입니다. 허나 대중매체를 통해서 이것보다 더 나은 삶이 있고 더 부유한 생활이 있다는 것을 끊임없이 반복하여 보고, 듣고, 그리고 옆 사람과 비교하는 이유 때문인지… 절대 만족할 줄 모르고 오직 돈! 돈! Money를 위해서 살아가는 모습을 많이 보이고 있습니다. 가난한 사람들은 당연히 열심히 살 수밖에 없으나, 그렇지 않아도 된다고 여겨지는 부자들은 더 큰 부자가 되기 위해서 노력하고, 더 큰 부자가 되려는 이유는 더 좋은 음식에 더 좋은 집, 그리고 심지어는 더 좋은 여자, 아니 유명한 연예인들을 영유하고 싶어서 그러는 경우도 많다고 들었습니다. 물론 자선활동이나 남을 위해서 그렇게 사는 분도 계시는 것 압니다. 그분들에게는 정말 진심으로 우러나오는 경의와 존경의 마음을 표시하고 싶습니다. 사실 중국도 같은 문제로 깨나 고생하고 있는 중이기는 합니다.

앞에서 이야기 했었던 TV 드라마 때문일까요? 만족할 줄 모르는 한국인의 생활은 중국에서 정말로 유명합니다. **듣자하니 평생**

동안 열심히 일하여 모은 돈으로 서울에 집 한 채를 장만한 후 자식에게 물려주고 돌아가신다고 하는데, 이 말이 정말 사실입니까? 예전에 한국의 전 대통령 두 분은 평생 아무리 써도 쓸 수 없는 몇 천억이라는 금액을 비자금으로 가지고 계시다가 발각돼 많은 고생을 했다고 들었는데, 사실 중국에서의 처벌에 비하면 정말 아무것도 아닙니다. 중국에서 만일 그런 일이 발생한다면 당연히 '사형'이니까요! 그렇기 때문에 중국에서는 한국처럼 어느 정도의 부정부패는 일어나고 있음에도 불구하고 그렇게 '큰 돈'이 왔다 갔다 하는 경우는 없습니다. 왜냐하면 금액에 따라서 형벌의 정도가 달라지기 때문입니다. 중국에서는 이런 종류의 사건들을 아주 엄격하게 처리합니다.

한 한국 유학생에게 "왜 중국에 왔냐"고 물어보았습니다. 중국에서 좋은 대학교에 진학하기 위하여 왔다고 합니다. "왜 좋은 대학교에 가려 하냐"고 반문했더니, "한국의 서울대학교에 갈 만한 노력의 절반만 해도 칭화대학교에 입학 할 수 있다"고 대답했습니다. "칭화대학교를 왜 오려고 하냐"고 묻자, "좋은 곳에 취직을 하기 위해서"라고 말했습니다. "좋은 곳에 왜 취직을 하려고 하냐"고 묻자, "돈을 많이 벌기 위해서"라고 했습니다. "왜 돈을 많이 벌려 하느냐"고 묻자 "훌륭한 아내를 얻어 결혼하기 위해서"라고 했습니다. "왜 훌륭한 아내를 얻어 결혼을 하려 하느냐"라고 묻자, 머뭇머뭇 거리더니 결국에 한다는 말이 "그래야 남들이 나를 부러워하지 않겠느냐, 그래야 내가 행복할 수 있지 않겠느냐"라고 대답했습니다. 마지막에, "꼭 돈을 많이 벌어야 훌륭한 아내를 얻을 수 있냐?"라고 물어보려다가 꾹 참았습니다.

자기의 행복을 위해서 살아간다는 것은 정말 중요한 일입니다. 아니, 이것은 어떻게 보면 우리 인생의 목표입니다. 하지만 반드시 돈을 많이 벌어야만 그 사람의 인생이 행복해지는 것일까요? 그것은 아니라고 봅니다. 돈이 많은 재벌 집 사람들이 결국은 불행한 인생을 살다가 삶을 마감하는 모습이 바로 그 증거입니다. **돈이라는 것은 '편리함'을 줄 수 있으나, '평안함'을 주지는 못합니다.** 오히려 돈 많은 재벌 집 사람들은 불안해서 너무 힘든 인생을 살아간다고 하소연합니다. 그런데 중요한 것은 그 불안감이 더 큰 돈을 벌면 해소가 되는지 잘 모르겠으나, 아니면 바쁘면 이런 걱정거리들을 잠시 잊어버릴 수 있어서 그런지 모르겠으나, **오늘도 그들은 더 많은 돈을 벌기 위해서 열심히 달리고 있다고 합니다.** 금전은 필요한 만큼만 있으면 되는 것인데, 한국 사회의 그 긴박감 속에서 오직 'Money'만을 추구하며 열심히 살아가는 그들의 모습을 보면 바로 옆 나라 중국에서는 정말 본받지 말아야겠다는 마음이 아주 강력하게 듭니다.

　하지만 현재 우리도 그들을 본받아가고 있으니 정말 큰일입니다. **중국도 현재 한국과 같이 변화하고 있습니다.** 정말 그래야만 나라가 발전할 수 있는 것인가요? 꼭 이래야만 하는 것일까요? 한국사람 중 대부분의 사람들이 '회사(사기업)'에 가서 돈을 번다고 합니다. 회사에서 일하는 분들의 말을 들어보면 아예 자기 생활이 없는 경우가 많다고 하는데, 나중에 직급이 높아지면 그제야 자기 생활이 좀 생긴다고 합니다. 그 이유는 두 가지로 나뉘게 되는데 '나이가 높아짐에 따라 직급이 높아져서 생활에 여유가 생기고 일에도 여유가 생기는 것' 아니면 '잘려서'라고 합니다. **이런 한국**

사회의 풍토 때문에 '돈'이 곧 '최고의 보험'이라는 인식이 생겨서 한국인들은 어쩔 수 없이 돈에 미친다는 것입니다. 언제 일을 그만 둘지 모르고, 이 일을 그만둔 후에 어쩌면 영영 수입이 없을 수도 있기 때문에 벌어놓을 때 최대한 많이 벌어야 한다는 것이 그들의 입장입니다.

이런 상황에 있다면 중국인뿐만이 아닌 세계의 그 어떤 나라의 사람들조차도 똑같아질 수밖에 없을 것이니 참으로 안타까운 현실입니다. 중국 역시 앞으로 어떤 추세로 변화될지 모르는 상황이니 저 역시 불안 불안합니다. 하지만 정말 돈 때문에 인생을 살아가고 싶지는 않네요. 하지만 저도 저런 상황이 닥치면 어쩔 수 없이 저렇게 살아가게 되겠지요. 결국 나라 시스템의 문제라고밖에 볼 수가 없는 것일까요? 물론 그 문제도 있겠지만, 저는 이렇게 생각합니다. 결국 모든 것은 한 사람 한 사람의 '태도'가 아닐까 하고요. 이 문제는 참으로 어렵습니다. 그리고 실천하기가 매우 힘든 것 같습니다.

이 문제는 정말 어쩔 수가 없는 것 같다. 중국은 우리나라만큼 아직 발전이 안 된 탓인지, 아니면 국민들의 소양이 원래 이런 금 전적인 문제들을 낙관적으로 바라보는 습관이 되어있어서 그런 것인지, 어쩌면 공산주의적인 사상이 없어진 지 얼마 되지 않아서 인지 잘 모르겠으나 우리 대한민국의 삶은 그야말로 '긴장 자체' 이다. '내가 저 사람을 밟고 올라가지 않으면, 누군가가 나를 밟고 위로 올라가 버린다'는 긴장감 때문에 하루하루가 전쟁이며 고달 플 수밖에 없다. 그러다 보니 '돈에 미치지 않고는 살수 없는 것' 이 우리 한국인들의 삶이 되어버린 것이다. 왜냐하면 돈만 있다면 이 모든 것이 다 걱정거리에서 행복감으로 바뀌어 버릴 수 있을 테니 말이다.

사람은 누구나 안정을 추구한다. 또한 우리 한국인들은 세계에 서 최고로 똑똑하기로 유명하고, 또 실제로 그렇기 때문에 일찍이 '돈을 벌어야만 안정적인 삶을 영위할 수 있다'라는 인식을 가지 고 그 어느 나라에 비해서 정말 죽도록 열심히 살아간다. 하지만 내가 보았을 때 우리나라의 모습은 그토록 단점 가득하지 않을 수 가 없다. 사실 나 역시 단점 가득하다. 그렇기 때문에 바꾸려고 노 력 중이며 사실 그렇게 바꾸려는 과정에서 나는 현재 중국 칭화대 학교에서 7년째 수학 중이고 이 단점 가득함을 없애기 위하여 계 속 이곳에 있는 것이다.

잠시 소고기 이야기를 또 꺼내보고자 한다.
미국에서는 왜 그 쓰레기 같은 그 쇠고기들을 반드시 우리나라 에 수출하려는 것일까? 결국은 '돈을 벌기 위해서'이다. 왜 돈을 벌려고 하는 것일까? 결국은 '자기 나라의 경제와 자기 나라 국민들의 삶'을 위해서이다. 우리나라도 마찬가지이다. 결국은 우리나라 국민들을 위해서 이 모든 것들이 진행돼 가고 있는 것이고, 지금 이 순간에도 그렇다.

일본이 참으로 못된 짓을 많이 했으나 우리나라는 일본에게 배울 것이 많으며, 세계 경제 2위를 달리고 있는 성과만 보아도 우리나라는 반드시 일본을 배워야만 한다. **일본인들은 참으로 약아빠졌는데, 어떻게 보면 그렇게 약아빠졌기 때문에 많은 돈을 벌어간다.** 그렇기 때문에 우리나라 역시 그렇게 약아빠질 줄 아는 모습도 필요하다고 생각한다. 일본이 약아빠졌다는 말은 결국은 '자기보다 잘 사는 나라에서 무언가 얻을 것이 있고 배울 수가 있다면 필사적으로 노력하여 그것을 반드시 쟁취해 가고야 마는 태도'를 말하며, 필자는 이 태도는 국제화 사회에서 반드시 갖추어야 하는 태도가 아닐까 하는 의문을 가진다. 그러나 최근 일본사회의 경향과 일본인들이 살아가는 모습을 보았을 때, 앞으로 일본은 그다지 미래가 없는 것 같다고 여겨지기도 하는데, **그 이유는 일본인들이 요즘은 '쇄국정책' 비슷하게 변해가고 있다는 생각이 들기 때문이다.** 이미 많은 돈을 벌었고, 나라가 선진국이 되자 더 이상 밖에서 들여올 것이 없고 배워올 만한 것들을 다 국내로 들여보냈다고 여기는지 어쩐지 잘 모르겠으나 요즘 일본의 팔은 바깥으로 뻗어 있다기보다는 안으로 굽어가고 있다는 생각이 든다. 그래서 필자는 일본이 이런 식으로 나가다가는 과연 좋은 결과가 있을 수 있을까 하는 의문도 생긴다.

어쨌든 한국의 경제는 일본만큼도 못하기 때문에 예전에 일본이 했던 방식이 필요하지 않을까 싶다. 때로는 그들처럼 약아빠져야 한다는 것이나, 결국 내가 말하려고 하는 핵심은 곧 '세계를 향해 뻗어나가려는 자세와 태도'이다. 또한 앞에서 계속 언급했던 '겸손함'은 당연한 것이다.

얼마 전 중국 주석 후진타오를 만난 한국의 이명박 대통령이 '후진타오 앞에서 머리를 숙였다'는 이유로 우리나라 네티즌들은 '대통령이 못났다'는 둥 여러 가지 말들로 반박하는 것들을 나는 인터넷 댓글을 통해 우연히 보았다. 나는 거기에 한마디 댓글을 달았었는데 그 댓글은 다음과 같다.

"대통령이 머리 한번 숙여서 한국 GDP가 올라간다면?"

게다가 예전 조선시대처럼 억지로 숙이라고 해서 숙인 것도 아니고 자진해서 머리를 숙여 겸손함과 그 나라에 대한 존경을 나타낸 것이 무슨 잘못이라는 것인가? 게다가 현재 한국의 경제상황을 보면 우리나라는 그 어떤 나라를 만나도 떳떳하지 못하는 상황인 것이 확실한데 도대체 우리나라의 일부 단점 가득한 한국 분들은 도대체 무엇을 근거로 그리 떳떳한 것인지 도무지 이해하려야 할 수가 없다.

내가 보았을 때 우리 이명박 대통령은 대표적인 '돈에 미친 한국인'이며 '돈 밖에 모르는 한국인'이다. 하지만 그는 전혀 단점 가득하지 않으며, 오히려 아름답다. 앞서 언급했던, 자기의 만족을 위해서 돈 밖에 모르는 한국인과는 차원이 다르다. 현재 나라를 위해 최선을 다하고 있고 또 돈에 미치고 돈밖에 모르는 이유도 결국은 우리 국민소득(GDP)을 높여주려고 그러는 것일 뿐이다. 근거가 무엇이냐 물어보는 사람들이 있는데 지켜보면 안다.

이명박 대통령은 역대 최고의 대통령으로서 길이길이 칭찬을 받게 될 것이다. 이 글을 보고 내가 '대통령 팬'이라고 오해하는 분들이 있을까 해서 한마디 덧붙이겠는데, 나는 오랫동안 중국에 있어서 저 높으신 사람과는 전혀 연관이 없고, 만나본 적도 없으며, 나는 그의 발꿈치에도 미치지 못하는 사람일 뿐이라는 사실을 기억해주었으면 한다. 확실한 것은 만약 대통령이 정말로 앞에서 말한 '돈밖에 모르는 단점 가득 한국인'이었더라면 아마 일찍이 한국을 떠나 '경치 좋고 공기 좋고 아름다운 곳에서 짧은 인생을 마무리 하고 계시지 않았겠는가' 하는 생각이 든다.

일부 단점 가득 한국인들이 있다. 그들은 오직 자기의 테두리 안에서만 자기의 만족을 찾으려 한다. 절대로 밖으로 나가지를 않는다. 오직 자기의 테두리 안에서 자기가 원하는 모든 것들을 다 찾으려 한다. 하지만 우리나라 같이 좁고 자원도 없는 나라에서 무엇이 나오겠는가? 한번 장을 봐온 후에 한 달 동안 나가지 않고 집에만 박혀서 계속 밥을 먹으려 한다면 제대로 식사를 할 수 있겠는가? 건강해질 수 있겠는가? 불가능한 일이다. 바깥에 나가서 계속 끊임없이 장을 봐 와야만 제대로 식사를 할 수 있고, 건강을 유지할 수 있을 것이다. 나는 우리 한국인들이 바깥으로 좀 많이 나갔으면 한다. 사실 나갈 수 있는 기회가 많이 있음에도 불구하고, '귀찮다', '두렵다'는 둥, '여자니까' 등의 이유들로 온갖 핑계를 대고 한국에서 안주하려 한다. **솔직히 한국은 그 어떤 것들은 막론하고 완전한 포화상태이다.** 더 이상 한국에서는 무엇인가를 새로 창출해 내기가 어려운 상황이다. 그 좁은 틀에 박혀서 물질과 돈들이 이리 저리 왔다 갔다 할 뿐이다. **정말로 식사를 제대**

로 하고 싶다면 밖으로 나가서 장을 봐와야만 한다. 그 좁은 곳에 서 이리저리 왔다 갔다, 주고받고 해 봤자 장을 봐 온 것들이 점점 줄어들 뿐이지 늘어나기는 굉장히 힘들다고 본다.

우리나라는 여러 가지의 이유로 필히 외국으로 나가야만 미래 가 있는 국가라 볼 수 있다. 그것은 통일이 되어도 마찬가지이며, 우리나라 국민들 중에서 계속 그 안에서만 살아갈 것을 고집하는 분들이 계신다면 그 중 극히 일부의 소수만이 원하는 것을 얻을 수 있을 것이나, 나머지들은 영영 배부를 수 없을지도 모른다. **최 근 한국 정부에서 영어를 지나칠 정도로 강조하는 이유가 바로 이 것이다.**

앞에서 Ashley가 언급했던 것처럼, 돈이 꼭 그렇게 인생에 있어 서 아주 중요한 것도 아니고 행복의 조건 역시 아니기는 하지만 그것은 개인과 개인에 대한 견해를 말하는 것이며, 나는 눈을 좀 더 높이 들어 나라와 나라의 관계를 말하는 국제화 사회를 바라보 며 다음과 같이 독자 여러분께 말씀드리고 싶다.

부자가 되고 싶은가? 정말로 돈을 벌고 싶은가? 아니면 계속 돈 만 밝히는 단점 가득 한국인으로 남아 실제로는 돈도 못 벌고 세 월이 지나 이 세상을 별 의미 없이 그냥 그렇게 떠나고 싶은가? 돈 만 밝히는 한국인의 모습은 너무나도 단점 가득하다. 하지만 **한국 외의 다른 곳에서 돈을 가져오려고 노력하는 한국인의 모습은 그 야말로 최고로 아름다운 것**이나. 이 모습이야말로 **만점 가득 한국 인의 모습이다!** 한 가지 명심해야 할 것은 만약 우리나라가 이후 에 정말로 경제대국이 되어서 더욱 잘살게 된다면, 다른 후진국을 도와주지는 못할망정 예전의 일본처럼 그 힘을 남용해서는 안 될 것이다. 오늘 하루도 세계 경제대국의 한국의 모습을 기대해 보며 이 책을 마치려 한다.

　누차 강조했었지만, 사실 내가 바로 이 책의 제목인 그 '단점 가득 한국인' 이다. 그래서 너무나도 부끄럽게 생각하기에 고치려고 목숨을 걸고 열심히 노력하고 있는 중이다! 부족한 글을 읽어주신 독자 여러분께 진심으로 감사의 말씀을 전하고 싶다.
　만약 의견이 있으시다면 jcstryper@hanmail.net이나 jcstryper@126.com으로 보내주셨으면 한다. 세계의 많은 부富가 대한민국에 집중되는 그날을 기대해 보며… 대한민국 파이팅!

17. 부록

(1) 올바른 유학생활 · 이민생활이란

Andrew 중국의 수도라는 북경에서 생활한 지 어느덧 7년 정도가 지났
다. 다시 한 번 실감하지만 시간은 그야말로 광속이 아닌가 싶을
정도이다. 내가 벌써 이곳에서 이렇게 긴 시간을 보냈다니… 매우
힘든 나날들을 보내왔다. 하지만 이미 익숙해져 버린 것일까? 그
다지 힘들게 느껴지지 않는다. 가끔 한국에 가면 희한한 일이 벌
어지는데…. 아니! 어떻게 한국에 계신 여러분이 이미 당연하다고
느끼는 그 생활이 나에게는 너무나도 행복한 생활이라고 느껴지
는 것일까? 가끔 한국 뉴스를 보거나, 한국 영화의 한 장면을 보
면 마음 한구석이 찡해져 오는 것을 느낄 수 있고, 갑자기 이유를
알 수 없는 희열이 느껴져 오기도 한다.

　　올바른 유학생활 · 이민생활에는 정말로 답이 없는 것 같다. 우
선 가장 중요한 것이 '건강유지'일 테고, 그 다음은 '목표한 것을

이루는 것' 일 텐데, 사실 내가 할 말은 이미 앞에 다 써 놓았기 때문에 더 이상 할 말은 별로 없다. 단지 딱 한마디만 하고 싶다. 다른 나라는 모르겠으나, 중국에 있는 대부분의 한국인은 한국인과 만나서 너무나도 많은 시간을 보내고 있다. 최소한 사람을 만나는 전체의 시간을 100이라고 본다면 40 정도는 중국인과 지내야만 올바른 유학생활·이민생활이라 할 수 있을 것이다. 많은 한국인들이 '중국인들과 지낼 기회가 없다', '지내기가 너무 힘들다' 는 말을 많이 한다. 정말 맞는 말이다. 나도 이 일을 매일매일 겪고 있다. 계속 답을 찾아가는 수밖에 없는데, 나는 이 분들에게 한 가지를 추천해 주고 싶다. 그것은 바로 **너무 욕심을 부려 이 사람 저 사람, 많은 중국인을 만나려 하지 말고, 딱 한 사람만 정해서 적극적으로 연락을 하고 식사를 사라는 것이다.** 중국인들과 지내기 힘든 한국 분들은 이것 하나만 실천 해도 본인의 생활에 많은 변화가 있게 된다는 것을 금방 느낄 수 있을 것이다. 또 일찍 자고 일찍 일어나는 습관 역시 사소한 일이기는 하나 매우 중요하다는 것을 다시 한 번 강조하고 싶다. 유학생들 중에 은근히 올빼미들이 많이 있다.

　우리 모두 '단점 가득 한국인' 에서 '만점 가득 한국인' 으로 변신하기 위해, 지금 그 첫 걸음을 내딛어 보는 것은 어떨까'

(2) 다른 나라는 잘 모르겠으나,
중국 유학생들, 정말 정신 차려야 합니다

Ashley 저 역시 하고자 하는 말은 이미 앞에서 다 언급하여서 그다지 할 말은 없습니다. 단지 안타까운 것은 중국에 계신 유학생들이 열심히 공부를 하지 않으신다는 점입니다. 계속 그렇게 지내다가는 정말 나중에 돌아오는 결과로 인해 눈물을 흘리게 될 날도 있지 않을까 싶습니다.

저희 반 중국 학생 중에서 한국 학생이랑 이야기하고 같이 지내는 사람은 사실 저밖에 없습니다. 왜냐하면 실력도 없고, 수업도 자주 빠지고, 말도 잘 안 통하고, 숙제해야 하거나 시험 보기 직전에만 와서 친한 척하기 때문입니다. 실력이 없다면 배로 열심히 하는 것이 마땅한데, 정말 중국 유학생들은 많은 시간을 마이너스 인생에 투자하고 있는 것 같습니다. 하지만 그래도 그들은 친절하고 매너가 있으며 정말 저희 중국 학생들이 없는 무언가가 많이 있습니다. 그래서 저는 한국 유학생들을 진심으로 좋아하고 있으며, 가능한 많이 도와주고 있습니다. 비록 자기 인생을 자기가 선택하고 개척해 나가는 것이기는 하나, 저는 마지막으로 한 가지를 유학생 여러분께 강력히 말씀 드리고 이 글을 마무리하려 합니다.

세발 수업만 빠지지 마십시오. 이것만 지켜도 정말 알찬 유학 생활이 되실 것입니다. 그 외의 것들은 각자 역량에 맞게 분투하시면 될 것입니다.

수업 안 나오시는 분들은 그야말로 완전한 '단점 가득 한국인'

입니다. '만점 가득 한국인' 은 절대 수업 안 빠지는 거 아세요? 돈 아까워서라도 안 빠진답니다… 호호!

맺음말

Andrew 사실 내가 바로 이 책의 제목인 그 '단점 가득 한국인' 이다. 그래서 너무나도 부끄럽게 생각하기에 고치려고 목숨을 걸고 열심히 노력하고 있는 중이다! 부족한 글을 읽어주신 독자 여러분께 진심으로 감사의 말씀을 전하고 싶다. 만약 의견이 있으시다면 jcstryper@hanmail.net이나 jcstryper@126.com으로 보내주셨으면 한다. 또한 바쁜 학사 일정에도 불구하고 책에 함께 참여해 준 칭화대학교 의류학과 3학년에 재학 중인 Ashley 양에게도 고마움의 마음을 전한다.

끝으로 나와 Ashley가 집필한 이 책의 목적은 한국인의 장점보다는 단점을 찾아 그것을 꼬투리 잡고 고쳐 나가는 데 있으므로 글의 성격상 어쩔 수 없으니 다시 한 번 독자 여러분들께서 이해를 해 달라고 부탁드리고 싶다. 또한 Ashley가 쓴 부분은 본래 중국어로 썼기 때문에 내가 번역을 함에 있어서 좀 미숙한 부분이 조금이나마 있지 않을까 싶다.

어쨌든 내 평생의 첫 번째 작품이기에 더욱 심혈을 기울여 보았으나 그래도 본래 내 수준이 있기에 어쩔 수 없다는 안타까움과 인간의 한계를 마음속 깊이 느껴보고는, 결국 '나는 그저 한 명의 인간일 뿐이구나' 라는 아쉬움만이 남고야 말았다. 내가 쓴 책이지만 그래도 다시 읽어 나가며 나 자신을 점검해 보고자 한다.

자전거를 타다 보면 한가지의 진리를 발견할 수가 있는데, 만약 발을 앞을 향하여 조금이라도 돌린다면, 그대로 앞으로 쭈욱 나갈 수가 있으나, **뒤로는 아무리 발을 돌려보아도 1cm도 후진할 수가 없다는 점**은 참으로 신기하다. 도대체 어떤 원리로 만들어졌기에 그러는 것인지는 모르겠으나, 우리의 인생이 꼭 이렇지 않은가? 오직 앞으로만 나아갈 수밖에 없는 자전거와 같은 것이 곧 우리의 인생이다. 후진은 없다. 지나간 일들은 그저 어쩔 수 없는 것이다. 하지만 예전에 저질렀던 실수를 또 저지르고 만다면 그만큼 단점 가득하고 무식한 사람도 없을 것이다.

세계의 모든 부富가 대한민국에 집중되는 그날을 기대해 보며… 대한민국 파이팅

한국만요? 중국도 파이팅!
Ashley

이런 단점 가득한 사람을 봤나… -_-+
Andrew

나는 만점 가득 중국인이라네~! ^o^/
Ashley

칭화대학교 제15회 가요제 때

····················· Andrew

Ashley

Andrew & Ashley's Story